Am seidenen Faden

Thomas Dorn, Jahrgang 1958, groß geworden in den 60ern und 70ern. Konservative Werte noch gelernt und verstanden, aber auch schon moderne Zeiten erlebt und genossen. Voraussetzungen für einen leichten und flüssigen Erzählstil.

„Als Autor möchte ich die Leser in meine Geschichten einsaugen und sie für einige Zeit die Welt um sich vergessen lassen. So fühlt sich Freiheit an."

Thomas Dorn

Am seidenen Faden

Krimi/Roman

*… und höre anderen Menschen zu, auch den Langweiligen
und Unwissenden, denn auch sie haben etwas zu sagen.*
(aus Desiderata von Max Ehrmann 1927)

Bibliografische Information der Deutschen Nationalbibliothek:
Die Deutsche Nationalbibliothek verzeichnet diese Publikation in der Deutschen Nationalbibliografie; detaillierte Daten sind im Internet über http://dnb.dnb.de abrufbar.

Website: http://thom-dorn.jimdosite.com

Umschlaggestaltung: Valentin Dorn

Verlag: BoD · Books on Demand GmbH,
In de Tarpen 42, 22848 Norderstedt
Druck: Libri Plureos GmbH, Friedensallee 273, 22763 Hamburg
ISBN: 978-3-7693-1259-1

Einleitung

In der Volksschule fragte der Klassenlehrer seine Schüler, was sie denn einmal werden wollten. Feuerwehrhauptmann, Sekretärin, Sparkassenangestellter, Ärztin, Automechaniker und vieles mehr antworteten brav die Zweitklässler. Als dann die Reihe an ihm war und er artig aufstand, platzte es förmlich aus ihm heraus, so, als wartete er schon lange darauf, dass ihm diese *eine* Frage einmal gestellt werden würde, und er der Welt von seinem Traum endlich berichten könnte: „Amerikanischer Detective!"

Das *Detective* sprach er in dem typisch breiten amerikanischen Slang, so wie er es aus den Filmen kannte und schon oft geübt hatte.

Hector erinnerte sich noch ganz genau, wie ihn damals sein Lehrer mit einem nachsichtigen Lächeln auf dem Gesicht angesehen, seine Mitschüler ihn lauthals ausgelacht und er sich einerseits verstört, aber auch zornig wieder auf seinen kleinen Holzstuhl gesetzt hatte.

Sie werden noch staunen, wenn sie alle erst einmal von seinem ersten gelösten Fall in der Zeitung lesen würden, dachte er.

1. Kapitel

Hector knabberte gedankenversunken an dem Fingernagel seines kleinen Fingers der rechten Hand. Stille, gepaart mit einer ungewohnten Situation, veranlasste ihn oft zu diesem Reflex. So auch heute. Im Wartezimmer von Dr. Reinhard war er mittlerweile der vorletzte Patient. Es war bereits der zweite Termin bei dem Neurologen innerhalb weniger Tage. Beim ersten Arztbesuch wurden einige Tests mit ihm durchgeführt und er musste ein Formular mit Fragen beantworten. Heute nun erwartete er eine erste Diagnose. Bereits seit einer halben Stunde saß Hector in dem stillen und fensterlosen Raum auf dem unbequemen Stuhl, neben ihm das Regal, in dem die älteren und leicht abgegriffenen Magazine darauf warteten, von den Besuchern der Arztpraxis, wenn nicht gelesen, so doch zumindest durchgeblättert zu werden. Über der Eingangstür des Wartezimmers hing eine große runde Uhr, die ein wenig an eine Bahnhofsuhr erinnerte. Der Sekundenzeiger zog gleichmäßig seine lautlose Bahn, verharrte kurz auf der zwölf, und sobald der Minutenzeiger eine Minute weitergerückt war, fing sein Spiel wieder von vorn an. Hector beobachtete die monotone Arbeit des

Sekundenzeigers eine Weile und wieder wurde ihm bewusst, wie kurz doch das Leben sein konnte. Insbesondere, wenn man das Leben so sehr liebte wie er. Was würde er nicht alles dafür geben, nicht hier ausharren und mit Mitte fünfzig auf eine Unheil bringende Diagnose warten zu müssen! Viel lieber würde er jetzt an seinem Arbeitsplatz sein und einen seiner vielen offenen Versicherungsfälle bearbeiten oder mit seiner geliebten Charlotte beim Spanier sitzen und mit Jamón Iberico, frischem Brot, Oliven und einem Glas Rioja die Zeit genießen.

„Herr Rolf Martens, bitte ins Behandlungszimmer 2", tönte es mit einer verzerrten und kratzigen Frauenstimme aus dem kleinen Lautsprecher neben der großen runden Uhr.

Daraufhin erhob sich der angesprochene Patient langsam von seinem Stuhl, fuhr sich nervös durch sein braunes schütteres Haar und verließ das Wartezimmer mit bedächtigen Schritten, ohne Hector eines Blickes zu würdigen. Der plötzliche Aufruf des Lautsprechers holte Hector unvermittelt ins Hier und Jetzt zurück. Einen Wimpernschlag später erschrak er, denn er konnte sich gar nicht an Herrn Martens erinnern. Hatte er ihm wirklich ununterbrochen gegenüber gesessen? Hatte er ihn nur nicht bemerkt, weil er so still oder er, Hector, so in sich versunken gewesen war? Oder blitzten bereits erste

Auswirkungen seiner Krankheit auf? Hector wischte seine Bedenken schnell beiseite und schaute wieder auf die große runde Uhr, die ihn, je länger er darauf starrte und dem nicht müde werdenden Sekundenzeiger folgte, förmlich hypnotisierte und ihn die Gegenwart um sich herum vergessen ließ.

War nicht die Vergangenheit die bessere Gegenwart?

***

Zwei Wochen vorher in Hectors Büro.

„Hecki, du sollst zum Chef." Hector sah leicht irritiert von seinem Leitz-Ordner auf, nahm noch hastig einen Schluck von seinem mittlerweile kalt gewordenen Kaffee und folgte Angie, der Sekretärin von Robert Mühlhausen, seinem Chef, schnell, während er gleichzeitig sein leicht gemustertes blaues Sakko überzog. Was mochte der Chef zu so später Stunde noch von ihm wollen, fragte er sich unwillkürlich.

Kurz vor dem Büro ihres Chefs bog Angie auf ihren rechts neben der Eingangstür gelegenen Schreibtisch ab und forderte Hector mit einer kleinen Geste auf, sogleich Mühlhausens Büro zu betreten. Es war ungewöhnlich, dass sie ihn wortlos eintreten ließ. Normalerweise versuchte sie immer, ihre Kollegen in ein Gespräch zu verwickeln, egal wie die Gemütslage auch sein mochte. Spiegelte sich nicht heute Mitleid in ihren Augen wider?

„Hallo, Herr Ostleben, kommen Sie rein. Wir haben uns ja heute noch gar nicht gesehen. Was macht der Fall *Dr. Reich*? So setzen Sie sich doch bitte."

Wie üblich verband Hectors Chef fast jedes Treffen mit seinen Mitarbeitern immer mit der Frage nach dem gerade vom Angesprochenen behandelten wichtigsten Fall. Hector kam es so vor, als wollte er damit seine dienstliche Aufmerksamkeit dokumentieren und dem Untergebenen spüren lassen, dass er genau wusste, mit was für einem Fall der sich gerade beschäftigte.

„Die Polizei hat den Einbruch bei Dr. Gregor Reich heute so weit abgeschlossen. Sofern es in den nächsten drei Monaten keine neuen Erkenntnisse über die Einbrecher oder das Diebesgut gibt, müssen wir regulieren", antwortete Hector, noch bevor er sich setzte.

„Das hört sich nicht gut an. Und da kommen wir nicht raus?" Nach einer kurzen Gedankenpause antwortete Hector: „Nein, keine Chance, zumal Dr. Reich Jurist ist und er sich sicherlich mit den Gegebenheiten auskennt."

Wieder füllte eine Gesprächspause das Büro für einige Sekunden aus.

„Nun ja, schieben wir den Fall *Dr. Reich* einmal beiseite.

Vor fast fünfundzwanzig Jahren habe ich meine Versicherungsagentur eröffnet und sie waren mein erster Angestellter. Sie haben sich von den anderen Agenturen nie abwerben lassen und auch heute sind Sie mein bester Mitarbeiter."

Hector kannte seinen Chef und spürte förmlich, wie schwer ihm jetzt die Unterhaltung fiel. Was wollte er ihm nur sagen?

„Also, es fällt mittlerweile auch den Kollegen auf, dass Sie zerstreut sind, Termine vergessen und zuweilen erst spät im Büro erscheinen, obwohl Sie keinen Arzttermin oder Behördengang angemeldet haben. Ich selbst musste Sie vorgestern bei einem Kunden in Bad Homburg vertreten. Was ist los, Herr Ostleben? Muss ich mir Sorgen machen?"

Die beiden Männer schauten sich für einige Sekunden schweigend in die Augen.

Hector biss sich auf die Unterlippe und fuhr sich mit seiner Hand über das Kinn. Er wusste doch selbst nicht, was mit ihm los war. Und ja, in letzter Zeit war er manchmal schusselig und vergaß gelegentlich etwas. Aber deswegen solch einen Aufstand zu machen, verstand er nicht. Er wollte gerade mit einer Art abwiegelnder Entschuldigung für sein Verhalten starten, da nahm sein Chef den Gesprächsfaden wieder auf.

„Ich glaube, die letzten Wochen haben alle Beteiligten doch sehr strapaziert. Vielleicht brauchen Sie einmal eine Auszeit, um sich zu erholen, und eine Gelegenheit, um zum Arzt zu gehen. Ganz jung sind Sie ja nicht mehr. Was halten Sie von einem einmonatigen Sabbatical?"

Hector war normalerweise nicht auf den Mund gefallen, doch missfiel ihm die ganze Stimmung in den letzten Sekunden. Träumte er oder versuchte Mühlhausen ihn gerade auf elegante Weise zu entsorgen, kam es ihm in den Sinn. Auf der anderen Seite hatte sein Chef nicht ganz unrecht. Seine Stimmungsschwankungen und seine Vergesslichkeit waren auch Charlotte, seiner Frau, schon aufgefallen. Litt er, wie sie es schon einmal meinte, an einer Art beginnender Demenz?

Robert Mühlhausen wartete auf eine Antwort. Wenn er jetzt seinen Chef vor den Kopf stieße und alles leugnete, was in letzter Zeit vorgefallen war, würde er unglaubwürdig und stur wirken. Nein, Hector wusste, Mühlhausen etwas abzuschlagen, wäre keine gute Idee und würde die Situation nur noch mehr verhärten.

„Okay." Hector hatte keine Chance, es war besser, wenn er zustimmte. „Ich nehme ihr Angebot gern an und pausiere für vier Wochen. Danach kehre ich aber wieder an meinen Arbeitsplatz zurück. Sie wissen, wie wichtig mir meine Arbeit und meine Fälle sind."

Das Gesicht von Hectors Chef entspannte sich in Bruchteilen einer Sekunde. Vermutlich hatte er insgeheim mit mehr Gegenwehr gerechnet. Aber Hector hatte es ihm leicht gemacht.

„Das freut mich aber sehr, insbesondere für Sie", kommentierte der Chef der Versicherungsagentur die Entscheidung seines Mitarbeiters.

Kurz darauf klopfte die Sekretärin an die Tür, steckte den Kopf herein und erinnerte Herrn Mühlhausen an einen anstehenden Termin.

„Na ja, das Wichtigste haben wir besprochen. Reichen Sie Urlaub für vier Wochen ein. Ihre wichtigen Fälle übertragen Sie bitte an Frau Kehrlich. Die Akte *Dr. Reich* aber legen Sie mir bitte heute noch auf meinen Schreibtisch. Da kümmere ich mich selbst drum. Und falls wir uns heute nicht mehr wiedersehen, wünsche ich Ihnen eine gute Auszeit und kommen Sie gesund wieder."

Mit den letzten Sätzen reichte er Hector entschlossen die Hand, während sein Gesicht ein aufmunterndes Lächeln probierte, was ihm allerdings nur ungenügend gelang.

Nachdem Hector der jungen Kollegin Kehrlich seine laufenden Fälle übertragen, Angie den Urlaubsantrag online geschickt und die Akte *Dr. Reich* seinem Chef auf den Schreibtisch gelegt hatte, verließ er kommentarlos und nachdenklich die Agentur, die unweit vom Marktplatz in Oberursel gelegen war.

Auf dem Trottoir empfing ihn eine eiskalte Novemberböe. Schnell knöpfte er seinen Trenchcoat zu und wickelte sich umständlich mit einer Hand seinen karierten langen Wollschal um den Hals.

In der anderen Hand trug er seine alte lederne Aktentasche, die ihm Charlotte zu seinem Start bei der Agentur Mühlhausen geschenkt hatte. Um nicht ganz ohne Arbeit zu sein, verwahrte er dort jetzt eine Kopie der Akte *Dr. Reich* auf. Die hatte er noch schnell ausgedruckt, bevor er die Akte auf den Schreibtisch von seinem Chef gelegt hatte.

Unterwegs zur Bushaltestelle, nur wenige hundert Meter von der Agentur entfernt, ließ Hector den Tag noch einmal Revue passieren. Etwas Unbekanntes passte nicht in seine Logik, und schien ihn zu stören, aber er wusste nicht, was es war, das ihm hätte auffallen sollen.

Im Bus endlich zog es Gott sei Dank nicht und die Heizung lief auf Hochtouren. Hector wurde es langsam warm. Die großen seitlichen Busscheiben waren allesamt beschlagen und so huschten in der Dunkelheit milchig verschwommene farbige Lichter in abwechselnder Intensität wie bunte Fischschwärme an Hectors Augen vorbei.

„Hallo! Sie! Hören Sie mich? Der Bus hält jetzt hier, bis die nächste Schicht beginnt!"

Hector hörte die brummige Stimme ganz leise. Als diese ihren letzten Satz eindringlich wiederholte, fuhr Hector leicht zusammen.

Wo war er, was war passiert, wer war der Mann, der zu ihm sprach? Nach einer gefühlten Ewigkeit reagierte Hector.

„Wo sind wir? Warum sitze ich hier?"

Der Busfahrer schüttelte irritiert den Kopf. „Wir haben die Haltestelle Hans-Mess-Straße in Oberstedten erreicht. Gleich kommt meine Ablösung. Sind Sie zu weit gefahren? Wo wollten Sie denn aussteigen?" Der Mann mit der leicht übergewichtigen Figur stützte sich mit seiner linken Hand an der Rückenlehne von Hectors Sitzbank ab und schaute abwartend in sein Gesicht. Hector wusste genau, wo er wohnte, und er wusste auch, wo er hätte aussteigen müssen. Es lag ihm auf der Zunge. Aber es kam kein Wort über seine Lippen. Verdammt noch mal, so lass mich doch endlich sprechen! Der Busfahrer meint ja, ich verarsche ihn oder bin plemplem. Warum in Gottes Namen bekomme ich kein Wort heraus? Hector konnte zwar seinen Mund wie ein Fisch bewegen, aber kein Wort verließ seinen

Körper. Vor lauter Panik begann er jetzt, seine Hände und Finger zu bewegen, um sich auszudrücken. Aber er machte alles nur noch schlimmer. Als er nun aufstand und anfing, zusätzlich mit seinen Armen unkontrolliert in der Luft herumzurudern, schien der Fahrer des Stadtbusses völlig überfordert.

„Wenn Sie nicht antworten können und Sie nicht wissen, wo Sie aussteigen müssen, kann ich Ihnen nicht helfen. Am besten, ich rufe jetzt die Polizei."

Nein, auf keinen Fall!, pochte es in Hectors Kopf. Heftig schüttelte er ihn, um dem Helfer seine Antwort zu signalisieren. Als er damit immer noch auf Unverständnis stieß, verließ er fluchtartig den Stadtbus, wobei er sich im letzten Moment seiner Aktentasche erinnerte und sie schnell an sich riss. Stolpernd und mit Angstschweiß auf der Stirn, entfernte er sich zügig und eindeutig verwirrt von der Haltestelle, wobei ihm der Busfahrer noch etwas hinterherrief, was Hector in seiner Aufregung und gleichzeitigen Angst nicht verstand. Mit offenem Mantel, den Schal nur notdürftig um den Hals gewickelt, und seiner unter dem rechten Arm eingeklemmten Aktentasche, erreichte er eine mit einigen wenigen Straßenlaternen erleuchtete Häuserzeile. Hier verlangsamte er seine Schritte und sog ruhig und tief die kalte Abendluft durch die Nase in seine Lunge.

An einer der Straßenlaternen hielt er an, knöpfte ruhig seinen Mantel zu und legte seinen wärmenden Wollschal ordentlich um seinen Hals. Langsam beruhigte sich auch sein Puls wieder. Um auszuprobieren, ob seine Stimme wieder funktionierte, sprach er leise zu sich selbst: „Hallo, hallo, ich heiße Hector Ostleben und wohne in Oberursel."

Gott sei Dank, er konnte wieder sprechen! Seine Sprechblockade hatte sich gelöst.

„Was war da nur los?", entfuhr es ihm, sowohl interessiert als auch besorgt. Für den Augenblick fand er keine Antwort, er spürte, dass er sich bald seinem Problem würde stellen müssen, so konnte es nicht weitergehen.

Zurück an der Haltestelle wechselte er die Straßenseite und bestieg wenige Minuten später den Stadtbus 41, der in Richtung Oberurseler Bahnhof fuhr. An der Haltestelle Heidegraben verließ er den Bus und schloss wenige Minuten später seine Wohnungstür auf.

„Wo bleibst du denn nur?", rief ihm Charlotte aus der Küche entgegen. „Wir wollten doch heute früher zu Abend essen. Du weißt doch, ich habe nachher Chorprobe."

„Ja, ich weiß, aber ich musste noch zu Mühlhausen wegen eines schwierigen Falls", log Hector, während er sich an der Garderobe seines Mantels und Schals entledigte.

Gemeinsam mit Charlotte aß er anschließend zu Abend.

Von seiner ungewollten vierwöchigen „Freizeit" und seinem Aussetzer im Stadtbus erzählte er nichts. Seine Scham und seine Angst waren einfach zu groß.

2. Kapitel

Nach dem Vorfall im Stadtbus vereinbarte Hector einen Arzttermin bei Dr. Reinhard, einem anerkannten Neurologen in Bad Homburg. Bis dahin spielte er Charlotte einen normalen Alltag vor. Er wollte sie zum jetzigen Zeitpunkt nicht verunsichern und überhaupt, er selbst wusste noch gar nicht, wie er mit der Situation umgehen sollte. Morgens verließ er wie jeden Werktag um acht Uhr die gemeinsame Wohnung und kehrte abends gegen neunzehn Uhr wieder zurück. Tagsüber verbrachte er den Tag in der Bibliothek von Oberursel, auf der Zeil in Frankfurt oder in den gemütlichen Cafés in Bad Homburg.

Hier recherchierte er auch stundenlang im Internet zum Thema Alzheimer und Demenz. Klar, die

Symptome, die sein Körper ihm in letzter Zeit signalisierte, wiesen schon in diese Richtung hin, aber so richtig glauben wollte er es nicht. Jetzt ging es ihm doch gut und er fühlte sich wohl, keine Anzeichen von irgendeiner Krankheit. Außerdem ließ er sich alle Jahre bei seinem Hausarzt durchchecken – mit EKG, großem Blutbild und der unangenehmen Prostata-Untersuchung. Nie wurden Auffälligkeiten festgestellt. Auch gab es in seiner Familie, weder bei seinen Eltern, den Großeltern noch deren Geschwistern, überhaupt Verdachtsfälle. Im Gegenteil, sowohl seine Großeltern als auch seine Eltern waren im hohen Alter geistig fit gewesen und starben erst mit Ende achtzig oder noch älter. Sein Großvater Alexander, von seiner Frau oft Alexandros gerufen, wurde sogar zweiundneunzig. Ihm hatte er auch seinen ungewöhnlichen Vornamen Hector zu verdanken. Der Großvater war einer der letzten Altgriechisch Lehrer auf dem Lessing-Gymnasium in Frankfurt und Experte der Ilias, der Geschichte über den Trojanischen Krieg. Er wollte ursprünglich, dass sein Name mit dem Buchstaben K geschrieben wurde. Aber Hectors Mutter hielt den Namen für wesentlich freundlicher und internationaler. Bisweilen fand er seinen Vornamen auf Briefen oder in Dokumenten auch mit einem K geschrieben vor.

Er konnte mit beiden Buchstaben leben.

In einigen Foren, die sich mit Alzheimer-Erkrankungen beschäftigten, las er auch viele tragische Geschichten und von den damit verbunden Qualen, Einschränkungen und medizinischen Eingriffen. Auch rechtliche Besonderheiten gab es zu berücksichtigen, denn ab einem bestimmten Zeitpunkt lief die Entscheidungsfähigkeit und Willensäußerung völlig aus dem Ruder. Je mehr Hector bei dem Thema in die Tiefen des Internets vordrang, umso mehr schwirrten die einzelnen wirklich wichtigen Details in seinem Kopf herum. Den meisten Berichten und Dokumentationen waren jedoch eines gemeinsam: Man sollte so frühzeitig wie möglich einen Spezialisten aufsuchen, der nach Durchführung verschiedener Tests eine profunde Diagnose erstellte und die weiteren therapeutischen und medizinischen Schritte gemeinsam mit dem Patienten und seiner Familie festlegte. Hector grauste davor. Das Schlimmste würde sein, dass einen danach alle für geistig minderbemittelt hielten und nur noch Mitleid entgegenbrachten.

***

„Herr Ostleben, bitte ins Behandlungszimmer 1", tönte die scheppernde Frauenstimme aus dem Lautsprecher neben der großen Uhr und riss Hector aus seinen Gedanken. Widerwillig und wissend, dass die kommende halbe Stunde entscheidend für sein weiteres Leben sein würde, verließ er den nun leeren Warteraum. Im Behandlungszimmer erwartete ihn eine ungewöhnlich hübsche und charmante Sprechstundenhilfe, die er bei seinem ersten Besuch in der Praxis nicht zu Gesicht bekommen hatte. Groß gewachsen, mit einem sympathischen Lächeln, feinen Gliedmaßen, natürlichen frischen Gesichtszügen, umrahmt von halblangen blonden Haaren. Der weiße, etwas zu enge Kittel umspannte leicht ihre wohlproportionierten weiblichen Körperformen.

„Guten Abend, Herr Ostleben, setzen Sie sich bitte. Dr. Reinhard wird gleich kommen." Während sie mit Hector sprach, ordnete sie einige medizinische Geräte und Hilfsmittel auf einem kleinen weißen Beistelltisch, der neben dem ausladenden und fast leeren Schreibtisch stand. Nur ein stylisher Laptop und eine filigrane Designerlampe befanden sich auf dem Tisch.

Als einfache Sprechstundenhilfe wirkte die junge Dame auf Hector eindeutig fehl am Platz. Mit ihrem Aussehen und ihrem Charme wäre sie in der Modewelt eindeutig besser aufgehoben, kam es ihm in den Sinn, als er sie ungewollt mit seinen Blicken verfolgte. Überhaupt erschien ihm die ganze Situation aus einem unbekannten Grund surreal. Wollte er das alles überhaupt? Sollte er nicht besser gehen?

„Guten Abend, Herr Ostleben." Dr. Reinhards wohlklingende Stimme riss Hector aus seinen Gedanken. „Wie ist es Ihnen seit unseren Untersuchungen ergangen? Gab es noch irgendwelche Vorfälle?"

„Nein, keine weiteren Vorfälle, an die ich mich erinnern könnte", antwortete Hector wahrheitsgemäß.

„Ich habe mir die Ergebnisse der Untersuchungen nochmals intensiv angeschaut und ja, bei Ihnen diagnostiziere ich eine beginnende Demenz, zwar in leichter Form, aber bereits nachweisbar. Sie haben sicherlich schon mit einer ähnlichen Diagnose gerechnet, Herr Ostleben?"

Dr. Reinhard sah Hector dabei direkt ins Gesicht, wohl um seine Reaktion zu erfahren. Hector erwiderte den Blick, hörte aber die letzten Worte seines Gegenübers wie durch eine alle Geräusche verschluckende Nebelwand.

„Herr Ostleben, haben Sie mich verstanden?"

Erst nach mehrmaliger Ansprache war Hector wieder aufnahmefähig. Er nickte, nachdem Dr. Reinhard seine Diagnose nochmals verkürzt wiederholt hatte.

„Yvonne, geben Sie Herrn Ostleben doch bitte einen Schluck Wasser", forderte der Arzt seine

Sprechstundenhilfe besorgt auf. Nachdem Hector einen Schluck des kalten Leitungswassers zu sich genommen hatte, fühlte er sich besser.

„Darf ich weiterreden?" Der Doktor schaute ihn fragend an.

„Ja, bitte. Ich fühlte mich gerade nur etwas überfordert."

„Das kann ich verstehen, und für viele meiner Patienten ist die Diagnose sicherlich einschneidend. Aber bei Ihnen gibt es einen Lichtblick. Sie befinden sich ganz am Anfang einer Demenzerkrankung. In diesem Stadium lässt sich noch so einiges machen. Insbesondere kommt es auf die richtigen Medikamente und die passende begleitende Therapie an. Zurückdrehen können wir die Uhr nicht, aber wir können den weiteren Verlauf extrem abbremsen, wenn nicht sogar aufhalten. Ich will Ihnen aber jetzt nicht zu viel versprechen. Erst sind noch einige weitere Untersuchungen notwendig, dann sehen wir weiter. Ich schreibe Ihnen jetzt vorsichtshalber einige Tabletten auf, die Sie jeweils morgens und abends einnehmen. Auf jeden Fall sollten Sie Stresssituationen vermeiden. Diese sind oftmals Auslöser für verändernde Gehirnströme und die wiederum führen mit großer Wahrscheinlichkeit zu einer Attacke. In ihrem Fall zu Sprachschwierigkeiten und unkoordinierten Bewegungen der Gliedmaßen.

In etwa so wie bei Ihrer Geschichte im Stadtbus, von der Sie mir erzählt hatten. Die Tabletten, sofern regelmäßig eingenommen, können Ihnen dabei helfen, diese Klippen sicher zu umschiffen. Sie sollten jetzt auf jeden Fall mit Ihrer Frau sprechen und sie über die Diagnose informieren. Familienangehörige sind ein wichtiger Baustein bei der begleitenden Therapie. Nur wenn Ihr Umfeld entsprechend eingeweiht und vorbereitet ist, wirkt sich das ungemein positiv auf Ihre gesundheitliche Situation aus."

Während der langen Rede des Neurologen mit seiner sanftmütigen und wohlklingenden Stimme spürte Hector eine gewisse Entspannung. Auch wenn die Diagnose wie vermutet weitreichende Veränderung in seinem Leben zur Konsequenz haben würde, so fühlte er sich bei Dr. Reinhard in guten Händen.

Allerdings würde ihn die Offenbarung gegenüber seiner Charlotte einiges an Überwindung kosten.

„Werde ich weiter arbeiten können?", knüpfte Hector an die Rede des Arztes an.

„Sie arbeiten als Versicherungskaufmann in einem Büro, richtig?" „Ja, in Oberursel."

„Nun, das sollte kein Problem sein. Es liegt an Ihnen, Ihren Arbeitgeber zu informieren. Ich habe die Erfahrung gemacht, dass die Bekanntgabe einer

Demenzerkrankung oftmals zu unschönen Situationen geführt hat. Warten Sie erst einmal die noch ausstehenden Untersuchungen ab und wie die Tabletten wirken. Dann können Sie immer noch entscheiden, was Sie Ihrem Arbeitgeber mitteilen wollen."

„Ja, das hört sich vernünftig an", bestätigte Hector mit einem Kopfnicken den gut gemeinten Rat des Arztes.

In der Zwischenzeit hatte Dr. Reinhard seinen Laptop aufgeklappt und dort einige Notizen zum Gespräch mit Hector und seine Diagnose hinterlegt. Abschließend erstellte er online das Rezept über die Medikamente. Wenige Sekunden später hörte Hector, wie ein Drucker bei der nahegelegenen Empfangstheke das Rezept ausdruckte. Die Sprechstundenhilfe verließ kurz das Behandlungszimmer und legte es dem Arzt zur Unterschrift auf den blanken und steril wirkenden Schreibtisch vor. Während der Neurologe unterschrieb, fasste die Assistentin ihn mit leichtem Druck an die Schulter. Hector, der die Szene unbewusst beobachtete, kam es vor, als wolle sie ihrem Chef etwas signalisieren. So nach dem Motto: Jetzt beeil dich doch!

Hector war ein guter Beobachter, ihm fielen solche Kleinigkeiten oftmals auf. Gerade in der nonverbalen

Kommunikation zwischen Personen oder Partnern glaubte er oftmals Hinweise zu erkennen, die ungewohnte Situationen oder leicht irritierende Begebenheiten einfach erklären konnten.

Seine gute Beobachtungsgabe, gepaart mit seinem Talent, heikle Situationen frühzeitig als solche zu erkennen, hatten ihm als Versicherungskaufmann schon oftmals geholfen, und so sah er sich bei manchen seiner Versicherungsfälle mehr als Detektiv und nicht so sehr als Kaufmann.

„So, hier bitte Ihr Rezept. Ich empfehle Ihnen, noch heute mit der Einnahme zu beginnen. Gegenüber der Praxis ist gleich die Park-Apotheke, da bekommen Sie die Tabletten bestimmt. Wegen der weiteren Untersuchungen melden wir uns dann bei Ihnen. Ich will mir noch einmal überlegen, welche hier am zielführendsten sind. Da bin ich mir bis jetzt noch nicht im Klaren."

„Gut, Herr Dr. Reinhard, vielen Dank. Ich muss das Ganze jetzt auch erst einmal sacken lassen. Ich höre dann von Ihnen. Aber bitte rufen Sie mich auf meinem Privat-Handy an. Die Nummer haben Sie ja."

Dabei blickte Hector die Sprechstundenhilfe an, die ihn sicherlich in den nächsten Tagen über die weiterführenden Untersuchungen informieren würde.

„Ja, Sie hören dann von mir", entgegnete die junge Frau.

Er war der letzte Patient für den heutigen Tag. Nur er, der Doktor und die Sprechstundenhilfe hielten sich noch in den teilweise spärlich beleuchteten Praxisräumlichkeiten auf.

Während die junge Frau ihn aus dem Behandlungszimmer geleitete, spürte Hector bei ihr eine gewisse Unruhe und Angespanntheit. Dabei schaute sie immer wieder zum noch hell erleuchteten Behandlungszimmer zurück. Es schien, als habe sie Angst, dass der Doktor ihr entwiche.

„Sie finden doch sicherlich alleine den Weg aus der Praxis. Sie waren doch schon einmal da", ließ die junge Frau Hectors Vermutung wahr werden, wobei sich schlagartig ihre weichen Gesichtszüge verhärteten und sie sich von ihm Richtung Behandlungszimmer abwendete.

„Ja, natürlich, ich kenne mich aus", rief er ihr noch nach.

Als er die Praxis gerade verlassen wollte und die Ausgangstür noch nicht ins Schloss gefallen war, fiel ihm ein, dass er seinen Mantel und seinen Schal an der Garderobe vergessen hatte. Gott sei Dank noch rechtzeitig!

Um nicht aufzufallen, entschloss sich Hector, leise noch einmal die Praxis zu betreten und die wenigen Schritte zur Garderobe zurückzulegen.

Nur eine kleine Schreibtischlampe hinter dem Empfangstresen illuminierte die Szene. Hector kam sich in diesem Moment wie ein Einbrecher vor. In der Mitte des großen Empfangsbereichs stehend, vernahm er plötzlich ein lautstark geführtes Gespräch aus Richtung des Behandlungszimmers. Die beiden Stimmen ordnete er Dr. Reinhard und seiner Assistentin zu.

„Ich verlange jetzt endlich Klarheit in unserer Beziehung, Michael!", schrie offensichtlich die junge Frau den Arzt an.

„Ja, das verstehe ich, aber du weißt doch, dass ich mit Susanne einen Ehevertrag habe, und ich im Falle einer Scheidung fast mittellos dastehe."

„Lüg nicht, ich habe Kenntnis von deinen Drogengeschäften. Also verkauf mich nicht für blöd. Ich nehme an, das ganze Geld befindet sich auf einem Schweizer Bankkonto, nicht umsonst fliegst du des Öfteren zu Tagungen nach Genf und Zürich."

Es entstand eine Pause, so als ob Dr. Reinhard Zeit benötigte, um nachzudenken. Zwischenzeitlich hatte Hector die Garderobe erreicht und sowohl Mantel als auch Schal an sich genommen und befand sich schon auf dem Rückweg.

„Wenn du dich jetzt nicht scheiden lässt, gehe ich zur Polizei. Heute noch!", giftete die Sprechstundenhilfe ihren Geliebten drohend an, wobei ihre Stimme in eine höhere Frequenz wechselte und sich leicht überschlug.

Hector fühlte sich unwohl in seiner Haut. Schweiß drang so langsam aus seinen Poren und er sehnte sich nach der kalten und frischen Novemberluft. Plötzlich hörte er, wie ein metallener Gegenstand scheppernd im Behandlungszimmer umfiel, und er vernahm so etwas wie einen beginnenden Hilfeschrei, der sich jedoch nach einigen wenigen Sekunden in einem heiseren Krächzen auflöste. Dann vernahm er einen dumpfen Schlag, so als wäre ein schwerer Sandsack umgefallen.

***

Dr. Reinhard war geschockt gewesen, dass seine Geliebte Kenntnis von seinen Drogengeschäften besaß. Als sie ihm dann lautstark mit der Polizei drohte, sah er sich so in die Enge gedrängt, dass er sie am Weitersprechen hindern wollte, auf sie zusprang und ihr mit all seiner Kraft den Hals zudrückte. Er flehte sie noch an: „So hör doch auf damit!" Kurze Zeit später war all ihre Lebenskraft versiegt. Langsam öffnete er seinen kräftigen Griff von ihrem Hals und ließ Yvonnes leblosen Körper auf den Boden sinken.

Stille legte sich über die Tat in dem Behandlungszimmer und Dr. Reinhard schaute mit weit entrückten Augen auf seine todbringenden Hände.

***

Hier ist ein Kapitalverbrechen passiert, kam es Hector sofort in den Sinn. Wahrscheinlich hat es die Sprechstundenhilfe erwischt.

Was sollte er tun? Der jungen Frau zu Hilfe eilen, wenn er überhaupt noch helfen konnte? Oder sollte er besser die Polizei rufen?

Erst einmal die Praxis verlassen und nur nicht auffallen, versuchte er ruhig und behutsam seine Sinne zu sammeln.

Vorsichtig näherte er sich wieder dem Praxiseingang. Die Tür stand Gott sei Dank noch offen. Als er den Flur erreicht hatte, ließ er die Tür mit einem leisen Klack ins Schloss fallen und beeilte sich, über das hellhörige Treppenhaus das Gebäude zu verlassen.

Auf der Straße angekommen, sog er erst einmal tief die feuchte und kalte Novemberluft ein. Sofort spürte Hector, wie sich die Kälte seiner bemächtigte. Mit zittrigen Händen knöpfte er seinen Mantel zu und fingerte nach seinem Schal. Doch der karierte Burberry-Wollschal, Charlottes Weihnachtsgeschenk vom letzten Jahr, befand sich nicht um seinen Hals.

Hastig griff er in seine großen Manteltaschen, in der Hoffnung, dass er ihn dort verstaut hatte. In der Praxis hatte er ihn mit dem Mantel noch in den Händen gehalten, versuchte er mit Logik dem Aufenthaltsort des Schals nachzuspüren. Auch auf dem Gehweg wurde er nicht fündig. Hoffentlich lag er nicht in der Praxis, fiel es Hector plötzlich ein.

„Jetzt kann ich nicht mehr zurück", flüsterte er leise vor sich hin, während er sein Handy aus der Hosentasche kramte und den Notruf der Polizei eintippte.

„Guten Abend, hier spricht Polizeiobermeister Mettmann, Sie haben den Polizeinotruf gewählt. Wie heißen Sie und was ist passiert?"

Hector spürte, wie eine unbekannte Kraft von seinem Körper Besitz ergriff. Er wollte wahrheitsgemäß antworten, aber kein Laut kam über seine Lippen. Erneut formte er langsam im Kopf seinen Vor- und Zunamen, aber er konnte ihn einfach nicht aussprechen. Schon wieder diese Sprechblockade wie vor zwei Wochen im Bus. Er versuchte sich zu konzentrieren. Seine Lippen formten die Worte, seine Stimme aber versagte den Dienst.

„Hören Sie mich? Bitte nennen Sie Ihren Namen und den Grund Ihres Anrufes?", tönte es erneut aus dem Handylautsprecher. Hector versuchte es erneut. Nun fingen auch seine Hände und Arme an, sich selbstständig zu machen, und fuchtelten wie wild umher. Er verlor die Gewalt über seinen Körper und Angst stieg in ihm auf. Noch immer das Handy in der Hand, die Arme unkoordiniert in die Luft stoßend, den Kopf extrem vorgeschoben, presste er mit aller Kraft seinen Namen aus seinem Kopf. Doch es gelang ihm einfach nicht.

Und wieder meldete sich der Polizeiobermeister auf Hectors Handy: „Wie heißen Sie und wo befinden Sie sich? Brauchen Sie Hilfe? So sagen Sie bitte etwas!"

Ohne es zu merken, war Hector einige hundert Meter gelaufen, wobei er immer wieder vergeblich versuchte, seinen Namen in das Handy zu schreien, das er immer noch krampfhaft in seiner umherfliegenden rechten Hand hielt.

Jetzt gab auch der Polizist am anderen Ende der Verbindung seine Versuche auf, Kontakt mit ihm aufzunehmen, und legte auf.

3. Kapitel

Dr. Reinhard war sich seiner Tat bewusst, als er den Puls seiner Assistentin am Hals suchte und kein Leben fand. Yvonne mit ihrem jugendlichen Gesicht und ihrem makellosen Körper lag vor ihm, wobei der weit geöffnete Mund und die hervorstehenden Augen das Antlitz grotesk erschienen ließen. Mit seinen bloßen Händen hatte er sie erwürgt. Rote Abdrücke an ihrem Hals sprachen eine eindeutige Sprache. Sicherlich würde jeder Rechtsmediziner Fingerabdrücke und Unmengen DNA-Spuren an Yvonnes Körper finden und ihm zuordnen, sobald der sie in der Pathologie auf dem kalten Seziertisch untersuchen müsste.

Der Neurologe wischte sich den Schweiß von der Stirn und überlegte, welche Spuren seine Tat hinterlassen hatten. Er verlor keinen Gedanken daran, seine Tat der Polizei zu melden. Zu viele Fragen, zu viele Lügen, zu viele Risiken!

Den umgefallenen Beistelltisch mit dem Blutdruckmessgerät, dem Stethoskop, den Spateln, der gläsernen Watte Box und den einsatzbereiten Silikonhandschuhen stellte er wieder auf. Anschließend zog er ein Paar Handschuhe an und vergewisserte sich, dass wieder alles an seinem Platz lag. Dann umrundete er seinen Schreibtisch und ließ vor seinem geistigen Auge die Tat noch einmal Revue passieren. Neben der Leiche musste er alle Spuren verschwinden lassen. Vor allem musste er sich jetzt mit dem Verschwinden der Leiche beeilen, denn bald würde die Leichenstarre einsetzen, dann würde ein Transport immer schwieriger. Mit einigen sauberen weißen Laken, die für die Behandlungsliegen genutzt und nach jeder Benutzung getauscht wurden, wickelte er Yvonne ein. Ein letztes Mal schaute er in ihr verzerrtes Gesicht und ein wenig Wehmut stieg in ihm auf.

„Hätte nicht alles so bleiben können?", fragte er kopfschüttelnd seine tote Geliebte, die ihm nicht mehr antwortete. Abschließend zog er das weiße Paket mit der Leiche über den Holzdielenboden bis zum Eingangsbereich. Dort angekommen, bemerkte er einen karierten Wollschal, der an der Klinke der Eingangstür hing. Den hat wohl jemand vergessen, kam es ihm in den Sinn. Er wollte ihn schon hinter die Empfangstheke legen, als ihm auffiel, dass der Wollschal von innen an der Türklinke gehangen hatte. Jedem heutigen Patienten wäre der Schal doch aufgefallen und er hätte ihn bei Yvonne abgegeben und nicht an die Klinke gehängt, oder?

Also musste es einen anderen Grund geben, warum der Schal hier hing, kombinierte der Arzt.

Die Praxis befand sich mit weiteren Praxen in einem alten und vor einigen Jahren entkernten und wiederaufgebauten Gründerzeithaus. Neben Ärzten, Rechtsanwälten und Steuerberatern gab es keinerlei Wohnungen in dem dreistöckigen Haus. Dr. Reinhard wartete, bis alle Praxen und Büros verwaist waren, dann schleifte er die eingepackte Leiche zum

Aufzug, fuhr mit ihr ins Parterre und transportierte sie unerkannt über den hinteren Ausgang zu seinem SUV, der als letzter Wagen im Halbdunkel auf dem kleinen Parkplatz auf seinen Fahrer wartete.

Zurück in der Praxis vergewisserte er sich nochmals, dass keine Spuren den Tatort verrieten. Vorsorglich wischte er seinen Schreibtisch und den kleinen weißen Beistelltisch mit den darauf befindlichen Gegenständen mit einem in der Praxis gebräuchlichen Desinfektionsmittel ab.

Jetzt musste nur noch die Leiche entsorgt werden.

Mit der eingewickelten Leiche im Kofferraum seines SUVs steuerte Dr. Reinhardt die kleine Wohnung von Yvonne Rechenbach an. Vor weniger als einer Stunde hatte sie noch geatmet, jetzt lag sie tot nur einige Zentimeter hinter ihm. Er überlegte sich krampfhaft seine nächsten Schritte. Vor allem musste er erst einmal Zeit gewinnen, war er sich bewusst.

Unerkannt betrat der Arzt das Zuhause seiner Assistentin, wobei ihn im Flur der typische Duft seiner geliebten Yvonne empfing und ihn für einen kurzen Moment an der Realität verzweifeln ließ. Schnell wischte er seine Erinnerungen beiseite und zog ein Paar blaue Silikonhandschuhe über seine Hände.

Am besten wäre es, die Wohnung für einen Fremden oder aber für die Polizei so aussehen zu lassen, als wäre Yvonne verreist.

Der Plan gefiel ihm und er fing an, herumliegende Wohnungsgegenstände aufzuräumen, das benutzte Geschirr abzuwaschen. Die auf dem kleinen Tisch neben der Fernsehcouch liegende Fernsehzeitung blätterte er auf den morgigen Tag. Anschließend suchte er einen kleinen Koffer, den er mit einigen Kleidungsstücken, wie Hosen, Röcken, Blusen, Unterwäsche, Strumpfhosen und einem gefüllten Kulturbeutel, packte. Auch eine an der Garderobe hängende Handtasche füllte er mit wichtigen Gegenständen wie den Haustür- und Autoschlüsseln, dem Portemonnaie und dem ausgeschalteten Handy von Yvonne, das er schon in der Praxis an sich genommen hatte.

Er achtete darauf, keine Spuren von sich in ihrer Wohnung zu hinterlassen. Nur ganz zu Anfang ihrer Beziehung, vor zwei Jahren, hatte er sie hier besucht. Meistens verabredeten sie sich im nahegelegenen Frankfurt oder sie fuhr ihm zu seinen Arztkongressen oder Weiterbildungsseminaren hinterher.

Bevor er mit dem Koffer und der Handtasche Yvonnes Wohnung verließ, schnappte er sich noch ihren hellen Wintermantel mit dem grünen Schal und der passenden Wollmütze.

In der Tiefgarage packte er alles in den Kofferraum ihres kleinen und verrosteten Fords und fuhr mit dem Wagen in Richtung Flughafen. Auf einem der gut besuchten Urlauberparkplätze stellte er den Wagen neben einem größeren Van ab, dem man ansah, dass er schon seit etlichen Wochen hier stand.

Sowohl den Koffer als auch die sonstigen eingeladenen Gegenstände entsorgte er in einem einige hundert Meter entfernt stehenden großen Müllcontainer. Seine blauen Silikonhandschuhe warf er in einen Papierkorb. Mit einem eilig herbeigerufenen Taxi ließ er sich wieder zu seinem Wagen nach Bad Homburg fahren.

Nun musste er sich noch um die Leiche kümmern. In diesem Moment meldete die Freisprecheinrichtung seines Wagens einen eingehenden Anruf: seine Frau Susanne.

„Ja, was ist Schatz?", fragte er eilig.

„Nichts Wichtiges, ich wollte nur wissen, wann du kommst."

„Ich bin schon unterwegs, aber Yvonne bat mich überraschend um ein paar Tage Urlaub, und da mussten wir noch die Übergabe machen. Übermorgen ist dann Monika wieder da."

„Ja, dann kommst du also gleich, bis dann." Sie beendete das Telefongespräch. Ihre Stimme hallte im großen Wagen nach.

***

Mit seiner Frau Susanne war Dr. Reinhard seit dreiundzwanzig Jahren verheiratet. Mit ihren kurzen dunklen Haaren, der etwas pummeligen Figur und dem kantigen Gesicht entsprach sie nicht der Traumfrau, war sich der Arzt sicher. Aber sie hatte ein großes Vermögen mit in die Ehe gebracht. Kurz nach der Hochzeit verunglückte sie mit ihrem kleinen roten Sportwagen. Seitdem war sie querschnittsgelähmt, saß im Rollstuhl und war auf Hilfe angewiesen.

Tagsüber versorgte sie eine langjährige Freundin, die sich dafür extra hatte ausbilden lassen. Abends dann kümmerte er sich um Susanne. An Sex war seit ihrem Unfall nicht mehr zu denken. Er arrangierte sich damit. Seine Dienstreisen zu Kongressen und Seminaren nutzte er für Besuche bei Prostituierten. Das Blatt wendete sich erst, als sich Yvonne als Nachfolgerin von Frau Berger, die altershalber die Praxis verlassen hatte, bewarb. Sie gefiel ihm von Anfang an und es dauerte keine zwei Wochen, da trafen sie sich heimlich bei einem Neurologen-Kongress in Köln in seinem Hotel. Dr. Reinhard war ausgehungert und für Yvonne kam ihr neuer Chef gerade zur rechten Zeit. Ihr Freund hatte sie wegen einer anderen Frau sitzen gelassen. Yvonne war so verletzt, dass sie nicht lange überlegte und nach Bad

Homburg zog, weit weg von Leipzig, wo sie aufgewachsen war. Jetzt endlich hatte sie mit Dr. Reinhard das große Los gezogen. In den folgenden Monaten fuhr Yvonne ihrem Chef anlässlich seiner Dienstreisen immer hinterher. Während er in den Vier- und Fünf-Sterne-Hotels logierte, mietete sich seine Assistentin in kleineren Hotels ein. Nach Mitternacht huschte sie dann in Dr. Reinhards Hotelzimmer und vor dem Frühstück, bei dem er regelmäßig seine Kollegen traf und mit ihnen fachsimpelte, verließ sie das Etablissement wieder unerkannt.

Dr. Reinhard hofierte und respektierte seine hübsche Sprechstundenhilfe. Jeden Wunsch las er von ihren Augen ab. Mit Schmuck, teurer Kleidung und dem kleinen Appartement, das er für sie anmietete, erkaufte er sich ihre Liebe.

Die Praxis alleine konnte seinen aufwendigen Lebensstil jedoch nicht finanzieren. Bereits als Medizinstudent in Hamburg hatte er angefangen, zu dealen, um unter anderem sein Studium zu finanzieren.

Während seiner Zeit als Assistenzarzt wurde seine finanzielle Situation nicht wesentlich besser, zumal er auch das Leben eines Playboys genoss: Designerkleidung, eine extravagante Wohnung mit Blick auf die Elbe, der Besuch einschlägiger Partys und einen teuren Sportwagen. Wenn er von seinen Kollegen im Krankenhaus darauf angesprochen wurde, log er vor, er habe eine umfangreiche Erbschaft erhalten.

Auf den Partys konnte er seinen kleinen Drogenhandel ausbauen. Dabei lernte er auch den Geschäftsmann Dr. Pedro de la Villa kennen, der in Buenos Aires eine Kunstgalerie leitete und in Hamburg eine Dependance besaß, um in der hiesigen Kunstszene Geschäfte zu machen. Dr. Pedro de la Villa nutzte seinen Kunsthandel auch für umfangreiche Drogengeschäfte. Dr. Reinhard ergriff die Gelegenheit, als einer der ansässigen Drogenhändler finanziell aussetzen musste, und kaufte sich bei dem Argentinier ein. Fortan wurden die Drogenpakete immer größer und das Geschäft immer riskanter.

Durch die Hochzeit mit Susanne hatte er gehofft, aussteigen zu können. Die Familie seiner Frau besaß ein großes Bauunternehmen bei Frankfurt, das Susanne als einzige Tochter einmal übernehmen sollte. Susanne und er zogen nach Bad Homburg und nach seiner Facharztausbildung zum Neurologen eröffnete er zwei Jahre nach der Hochzeit seine Praxis in der Innenstadt. Susannes Familie bestand allerdings auf einem Ehevertrag. Die Praxis und deren Einnahmen gehörten ihm, den Zugriff auf

Susannes Vermögen schloss der Vertrag trickreich aus. Nach Susannes Unfall bekam Dr. Reinhard mehr Zugriff auf ihre Konten, aber der Vater, unangefochtener Patriarch der Familie, ermahnte ihn jedoch jedes Mal, sobald er größere Beträge ohne ersichtlichen Grund abhob. Dr. Reinhard fühlte sich gegängelt und ließ seinen Drogenhandel mit Pedro de la Villa wieder aufleben. Innerhalb von zehn Jahren hatte er sich so ein kleines Millionenvermögen angespart.

Yvonne gab sich mit der Rolle der Geliebten nicht mehr zufrieden. Sie wollte mehr, und so fing sie an, Dr. Reinhard in eine Scheidung mit seiner Susanne zu treiben. Anfänglich konnte er sie noch vertrösten, indem er auf die Hilfsbedürftigkeit seiner Frau aufgrund des Unfalls verwies. Später dann führte er an, dass er von seiner Frau finanziell abhängig und ohne sie mittellos sei.

Yvonne war jedoch nicht dumm und fand schnell heraus, warum er zweimal jährlich in die Schweiz reiste. Als er sie einmal mit nach Genf nahm, war sie ihm heimlich gefolgt, als er vorgegeben hatte, einen wichtigen Vertreter eines Schweizer Pharmakonzerns treffen zu müssen. Die angebliche Zusammenkunft fand in einer Genfer Kunstgalerie statt und sein Gesprächspartner sah nicht nach dem Typ *Vertreter* aus, eher nach reichem südamerikanischem Geschäftsmann.

Anschließend verfolgte sie ihn bis zu einer Schweizer Privatbank.

Zurück in Bad Homburg fing sie an, zu herumzuschnüffeln. Sie wusste, wo sie suchen musste. Sie kontrollierte seine Post und belauschte einige seiner heimlichen Telefonate. Yvonne war intelligent und konnte gut kombinieren. Aber sie war nicht stark und sie hatte nicht mit Dr. Reinhards Skrupellosigkeit gerechnet.

Obwohl noch Praxisbetrieb herrschte und die beiden letzten Patienten im Wartezimmer saßen, hatte sie ihm eindringlich ein Ultimatum gestellt: „Trenn dich von deiner Frau! Wir gehören zusammen. Ich weiß, dass du reichlich Geld hast und von deiner Frau nicht abhängig bist, wie du mir immer weismachst."

„Lass uns nach dem letzten Patienten über alles reden. Ich sehe eine Lösung für alle Beteiligten", hatte er ihr wohlwollend entgegnet, mit einem leichten Lächeln auf den Lippen. Yvonne hatte geglaubt, einen Silberstreif am Horizont zu erkennen, und gab sich dankbar mit seiner Erklärung zufrieden.

***

Das große Eisentor öffnete sich geräuschlos, als sich Dr. Reinhards Wagen seinem Grundstück näherte.

Die große Villa, unweit vom Jubiläumspark gelegen, glich einer Festung. Eine zwei Meter hohe Mauer umfing das Areal und drei Webcams beobachteten den kompletten Eingangsbereich. Damit Susanne sich mit ihrem Rollstuhl frei und gut bewegen konnte, waren alle Wege asphaltiert und mit einem Geländer gesichert. Stufen oder steile Anstiege gab es nur wenige. Neben dem Wohnzimmer mit seinen großen Fensterflächen und einer großzügigen Sonnenterrasse befand sich der beheizte Swimmingpool, den Susanne trotz ihrer Querschnittslähmung regelmäßig, auch im Winter, nutzte. Ein kleiner Lift half ihr dabei.

Die Garagenplätze waren in einer umgebauten Scheune untergebracht, auf deren Dach sich eine wuchtige PV-Anlage befand, die das ganze Anwesen mit Strom versorgte.

Dr. Reinhard parkte seinen SUV rückwärts in die großzügige Garage ein. Vorsichtshalber schaltete er das Garagenlicht aus, als er Yvonnes eingepackten Leichnam aus dem Kofferraum seines Wagens zog. Die Leichenstarre hatte mittlerweile eingesetzt. Er schulterte das Paket mit dem leblosen Körper und trug es zur westlichen Grenze des Grundstückes. Große Eichen und Buchen schirmten es dort vor den Westwinden ab. Eine kleine Tür in der hohen Mauer verband das Anwesen mit dem benachbarten

Stadtwald. Mit mehreren großen Zweigen und Laub bedeckte er die Leiche. Später würde er sie dann im nahegelegenen Wald eingraben, nahm er sich vor, während er sich auf den Rückweg machte. In der Garage reinigte er seine Schuhe und klopfte sich einige Blätter von seinen Hosenbeinen ab. Bevor er die Kofferraumklappe seines Wagens schloss, kontrollierte er noch schnell das Heckabteil seines Wagens nach verräterischen Spuren.

Als er die massive hölzerne Eingangstür der Villa öffnete, erwartete ihn Susanne, im Rollstuhl sitzend, bereits im hell erleuchteten Foyer. Nachdem er seinen Mantel im Garderobenschrank aufgehängt hatte, bückte er sich zu seiner Frau hinunter und gab ihr einen Kuss auf die Stirn.

„Schön, dass du endlich da bist", begrüßte sie ihn leicht vorwurfsvoll.

„Ja, ich bin zu spät, aber durch Yvonnes kurzfristigen Urlaub bin ich morgen alleine in der Praxis und muss mich um alles kümmern", log er seine Frau an. Normalerweise unterstützten ihn zwei Arzthelferinnen. Frau Tschenke, die schon von Anfang an dabei war und Yvonne Rechenbach.

Auf Yvonne war seine Frau nicht gut zu sprechen, denn er hatte ihr lange verschwiegen, welch ausnahmslose Schönheit er als neue Assistentin eingestellt hatte. Bei einem unerwarteten Besuch in seiner Praxis war ihr gleich die hübsche Yvonne aufgefallen. Später, auf die Frage, warum er ihr nicht erzählt habe, wie überaus attraktiv seine neue Assistentin sei, gab er ihr zur Antwort, dass er sich davon nicht ablenken ließe und es ihm in erster Linie auf die fachlichen Qualitäten ankäme. So richtig glauben wollte sie ihm seine knappe Begründung allerdings nicht. Eine Affäre mit Yvonne konnte sie ihm aber nie nachweisen.

4. Kapitel

Nachdem sich Hectors Körper wieder beruhigt hatte, verschwanden auch die Sprechblockade und der leichte epileptische Anfall so schnell, wie sie gekommen waren. Hector atmete zweimal tief durch und fing an, seine Gedanken zu ordnen.

Es fiel ihm schwer, sich an die unmittelbare Vergangenheit zu erinnern. Ja, er war beim Arzt gewesen, und ja, der hatte ihm eine beginnende Demenz bescheinigt, die noch mit weiteren neurologischen Untersuchungen detaillierter bestimmt werden sollte. Aber an den Namen des Arztes konnte er sich nicht mehr erinnern.

„Dr. Reiser, Dr. Richter, Dr. Rahner, etwas mit R", sprach er laut aus. Seine Attacke hatte ihn unbewusst in eine dunkle Nebenstraße geführt, in der nur zwei Laternen und einige hell erleuchtete Wohnungsfenster ein diffuses Licht auf den feuchten Asphalt warfen. Hier fiel er niemandem auf. Nachdem sich sein Puls wieder beruhigt hatte, suchte Hector das Licht und den Lärm der nahegelegenen Hauptstraße auf. Dabei passierte er auch das Haus, in dessen erstem Stock sich die Arztpraxis befand, die er erst vor wenigen Minuten verlassen hatte. Vor dem hell erleuchteten Eingangsbereich blieb er kurz stehen, und als er auf die bronzefarbenen Hinweisschilder an der Hauswand schaute, fiel ihm sogleich der Name Dr. Reinhard auf.

„Dr. Reinhard, so hieß der Arzt, bei dem ich eben war", fiel es ihm bruchstückhaft wieder ein. „Aber da war noch etwas anderes", bemerkte er, während er leicht mit der rechten Hand auf seine Stirn klopfte, so als ließe sich die Erinnerungslücke durch Klopfen in seinem Gehirn lösen. „Etwas Ungewöhnliches ist passiert", fasste er kurz seine Erinnerung zusammen.

Als er in der Hosentasche nach seinem Autoschlüssel kramte, fiel ihm das Rezept in die Hände. Den Namen des Medikaments konnte er nicht aussprechen, aber die Medikation war mit zweimal täglich zwei Tabletten eindeutig. Hector schaute auf die mit einigen hell erleuchteten Läden bestückte gegenüberliegende Straßenseite.

Seine Augen blieben am für Apotheken typischen Reklameschild – großes rotes altdeutsches A auf weißem Grund – hängen. Schnell überquerte er die Straße und betrat die Park-Apotheke. Ein Apotheker bediente ihn umgehend und händigte ihm die Schachtel mit den verschreibungspflichtigen Tabletten aus, nicht ohne ihn auf die richtige Medikation hinzuweisen. Zur Vorsicht schrieb er sie nochmals mit einem Kugelschreiber auf die Verpackung.

Eine halbe Stunde später öffnete Hector die Wohnungstür und eine wohlige Wärme empfing ihn, nachdem er seinen Mantel an der Garderobe aufgehängt hatte. Wo war nur sein Schal?, wunderte er sich. Na, vielleicht lag er noch im Wagen.

Heute Abend würde er mit Charlotte reden müssen. Er konnte und durfte sie nicht länger im Unklaren lassen. Er war sich nicht sicher, wie sie auf diese Nachricht reagieren würde.

***

Bevor die spätherbstliche Dämmerung einsetzte, hatte Dr. Reinhard eine tiefe und fast zwei Meter lange Grube im nachbarschaftlichen Stadtwald ausgehoben. Dabei versicherte er sich vorher gewissenhaft, dass ihn kein Fremder bei seiner Arbeit beobachten konnte. Der Forst war an der Grenze zu den Grundstücken schwer erreichbar. Zuvor hatte er den in weiße Decken eingehüllten Frauenleichnam oben und unten mit einem groben Stück Kordel fest zugeschnürt. Er wollte verhindern, dass der leblose und steife Körper beim Hinuntergleiten in die Grube aus seiner textilen Hülle rutschte. Mit einer Schubkarre schob er Yvonnes Leiche bis an die Kante des geöffneten Grabes und mit einer zügigen Aufwärtsbewegung der Griffe der Karre stürzte das Leichenpaket fast lautlos anderthalb Meter in die Tiefe. Die Leiche saß mehr, als dass sie lag.

Nun beeilte sich Dr. Reinhard, das Grab mit der seitlich aufgetürmten Erde wieder zu schließen. Er deckte die Stelle mit bunten Herbstblättern und einigen abgebrochenen Ästen ab. Für einen kurzen Moment hielt er inne.

„Ruhe in Frieden", murmelte er leise in Richtung des jetzt unsichtbaren Grabes. Anschließend lud er den Spaten in die Schubkarre, vergewisserte sich, dass er keine verräterischen Spuren hinterlassen hatte, und kehrte durch die kleine Tür in der Mauer auf sein Grundstück zurück.

Mit einem Schlauch reinigte er den benutzten Spaten, die Schubkarre und seine Stiefel gründlich und stellte alles wieder an seinen angestammten Platz.

Susanne war heute – wie jeden ersten Samstag im Monat – bei ihren Eltern. Somit unterblieben neugierige Fragen zu seiner Arbeit im Garten. Eine Lüge weniger in dem ganzen Schlamassel, dachte sich Dr. Reinhard, als er das geräumige und warme Wohnzimmer betrat und sich einen Cognac einschenkte.

Jetzt hatte er das erste Problem gelöst, dachte er über seine Situation nach, während er einen Schluck aus dem handwarmen Cognacschwenker seine Kehle herunterbrennen ließ. Nun würde er sich um den nächsten Schritt kümmern, Yvonnes Tod in der Praxis an der Türklinke gefunden hatte.

***

Frau Gertrude Stern hatte ihren neuen Nachbarn seit zwei Tagen nicht gesehen und wunderte sich, dass sie aus der kleinen Zweizimmerwohnung keine Geräusche oder Laute wahrnahm. Kein Stühlerücken, keine Musik, kein gar nichts.

Mit ihren zweiundachtzig Jahren konnte sie noch verdammt gut hören. Auch sonst war sie einigermaßen gut beieinander, lobte sie sich selbst nicht zum ersten Mal.

Neugierig öffnete sie ihre Wohnungstür, und nachdem sie sich vergewissert hatte, dass sie kein Hausbewohner im Treppenhaus sah, lauschte sie konzentriert an der Tür ihres neuen Nachbarn. Vor zwei Wochen war er eingezogen, mit wenigen Möbeln und Kartons. Er war bestimmt Controller oder Kaufmann, dachte sie, oder vielleicht auch bei der Stadt angestellt. Auf jeden Fall konservativ. Einige wenige Male war sie ihm im Treppenhaus begegnet. Mit Mitte fünfzig und modern gekleidet, grüßte er sie stets immer freundlich, wenn sie auch einen traurigen Ausdruck auf seinem Gesicht zu erkennen glaubte. Vorgestern, als sie ihm das letzte Mal begegnet war, hatte er sie allerdings gar nicht gegrüßt und weit entrückt gewirkt. Als ehemalige Grundschullehrerin hatte sie viele Eltern und auch Alleinerziehende kennengelernt, vornehmlich natürlich Mütter, aber auch einige Väter. Mit der Zeit entwickelte sie somit ein ausgeprägtes Gespür, nicht nur für ihre Schüler, sondern auch für deren Eltern.

Als Gertrude mit ihrem Ohr fast die hölzerne Eingangstür berührte, bemerkte sie, dass der Schlüssel steckte und die Tür nur angelehnt war. Vorsichtig öffnete sie die schwere hölzerne Tür und betrat den Flur, in dem sich einige leere Umzugskartons stapelten.

Die Küche und das kleine Bad auf der linken Seite passierte sie ohne Beachtung, das erleuchtete Wohnzimmer war ihr Ziel.

„Hallo, ist hier jemand? Ich bin Frau Stern, Ihre Nachbarin, ich habe mir Sorgen gemacht", sprach sie etwas zögerlich in Richtung des Wohnzimmers, in der Hoffnung, dass ihr Nachbar, dessen Namen sie noch nicht einmal kannte, antworten würde. Kein Laut drang an ihr Ohr. Vielleicht war er verletzt und konnte sich nicht bewegen. Endlich erreichte sie das Wohnzimmer, mit der halb geöffneten Tür. Gertrude Stern drückte sie mit einem kräftigen Schubs auf und erwartete schon, einen blutüberströmten Körper am Boden liegen zu sehen. Doch stattdessen blickte sie in einen fast leeren Raum. Schonungslos erhellte eine notdürftig installierte Sechzig-Watt-Glühlampe den in weiß gestrichenen Raum, in dem an der Wand ein längliches helles Sideboard mit offenen Türen stand. Das Fenster war mit einer bis auf den Boden reichenden Gardine abgedunkelt. Direkt vor dem Fenster stand ein großes Ledersofa, auf dem ein lebloser Männerkörper, in eine beigefarbene Wolldecke gehüllt, lag. Davor, auf dem Boden, befanden sich eine leere Flasche Whiskey und eine halb gegessene Pizza, teilweise vom Lieferkarton abgedeckt.

Sie vernahm kein Atmen oder Schnarchen. O Gott, hoffentlich war der Mann nicht tot! Es wäre ihre erste Leiche, die ihr begegnete, fiel es Gertrude Stern ein.

Langsam näherte sie sich der Männergestalt. Mit zwei Fingern stupste sie ganz vorsichtig ihren Nachbarn an.

Keine Reaktion. Sie wiederholte den Vorgang, dieses Mal etwas fester. Wieder keine Reaktion. Sie wollte schon in ihre Wohnung zurückkehren und den Notarzt rufen, als sich das Gesicht des Mannes verzog, und er plötzlich anfing, laut einzuatmen.

Na endlich, Gertrude Stern entspannte sich.

***

Hector öffnete langsam seine Augen und schützte sich mit der rechten Hand vor dem Gesicht vor dem hellen Licht.

Wo war er? Und wer war die ältere Dame, die ihm so ängstlich und fragend ins Gesicht schaute? Hatte er sie nicht schon einmal gesehen?

„Ich wollte nicht stören, aber der Wohnungsschlüssel steckte und die Tür stand offen", stotterte die Frau leise. Hector war noch ganz benommen, als er die Stimme der alten Dame vernahm. Gleichzeitig hämmerten Kopfschmerzen auf ihn ein und ließen ihn keinen klaren Gedanken fassen. Umständlich erhob er sich, die Augen zu kleinen Schlitzen zusammengekniffen, während er nach seiner Brille suchte, die er schließlich zwischen den Rückenpolstern des Ledersofas fand und langsam aufsetzte. Jetzt konnte er die alte Dame richtig erkennen. Mit ihren grauen, bis zum Kinn reichenden Haaren, dem blauen Kleid, der hellen Strickjacke und dem runden Gesicht wirkte sie sehr freundlich auf ihn.

„Entschuldigung, dass es hier so aussieht, aber ich bin erst vor einigen Wochen eingezogen und warte noch auf verschiedene Möbelstücke", sagte Hector, der in Wirklichkeit bis jetzt noch keinerlei neue Möbel bestellt hatte.

Bei Charlotte hatte er es einfach nicht mehr ausgehalten.

Nachdem er ihr von seiner Krankheit und seinem vierwöchigen Sabbatical berichtet hatte, hörte er erst einmal nichts als Vorwürfe. Warum er vorher nichts erzählt hätte, wieso er auf das Sabbatical eingegangen sei, wann er erste Symptome gemerkt hätte und, und, und. Keine Worte der Anteilnahme, kein Trost, kein Verständnis. Es hörte sich für Hector eher nach Vorwurf an. Hatte er sich so in Charlotte geirrt? War sie wirklich so hart oder lag es an ihrem Beruf. Als Rechtsanwältin für Verkehrs- und Strafrecht musste sie wohl alles hinterfragen, um den Sachverhalt zu verstehen. Auch nachdem sie alles verstanden hatte, vermochte sie es nicht, gegenüber Hector ihre Liebe und ihr Mitgefühl zu zeigen. Das alles passte nicht in ihre kleine und wohl organisierte spießige Welt.

Bis vor wenigen Wochen hatte er auch noch so gelebt und gedacht wie sie, erfasste er die surreale Situation. Nicht um ihn machte Charlotte sich Sorgen, sondern er, Hector, machte sich Sorgen um sie.

„Lass mir ein paar Tage Zeit, die Situation zu überdenken. Mir ist das alles gerade einfach zu viel", drückte sich Charlotte vor der kommenden Verantwortung. Sie war einfach nicht bereit für ein Leben voller Entbehrungen, die Hectors Krankheit unnachgiebig nach sich ziehen würde. Sie hatte etwas Ähnliches schon einmal erleben müssen – eine Krankheit, die Hector am Ende in den Abgrund reißen konnte, und wenn sie nicht aufpasste, auch sie selbst.

Nach dem Gespräch mit Charlotte lag Hector die ganze Nacht wach und dachte über seine Situation nach. Sicherlich war es zu egoistisch von ihm, Charlottes Hilfe zu verlangen. Sie sollte es aus eigenem Antrieb wollen, fand er. Er kam doch selbst mit der Situation nicht klar.

Am nächsten Morgen beauftragte er eine Immobilienmaklerin mit der Suche nach einer kleinen Wohnung für sich. Schon zwei Tage später zog er nach Niederursel in die Nähe der Altstadt. Einige alte Möbel, die sie im Keller verstaut hatten, sowie den Inhalt seines Kleiderschranks packte er in einen kleinen gemieteten Transporter, und als Charlotte abends aus dem Büro nach Hause kam, lag nur noch ein kleiner Zettel auf dem Küchentisch.

„Liebe Charlotte, ich verstehe deine Zweifel, verstehe bitte aber auch meine. Hecki."

5. Kapitel

„Ich möchte eine Vermisstenanzeige aufgeben",
sprach Monika Tschenke leise in das Mikrofon, das
vor der großen gepanzerten Fensterscheibe im
Eingangsbereich der Polizeistation stand. Sie
befürchtete, dass sie von einer der umstehenden
Personen gehört werden könnte.

„Bitte weisen Sie sich erst einmal aus. Um wen
handelt es sich, und seit wann vermissen Sie diese
Person?", ertönte es aus dem schwarzen
Kunststofflautsprecher, der neben dem Mikro stand.
Ein älterer Polizist in Uniform und mit schief
sitzender Krawatte stand hinter der Glasscheibe. Er
öffnete die kleine metallene Tür mit den markanten
Löchern in der Mitte der Scheibe und nahm den
Personalausweis freundlich entgegen.

„Meine Freundin Yvonne Rechenbach ist seit zwei
Wochen spurlos verschwunden", teilte die junge Frau
dem Polizisten mit.

„Das Ganze benötige ich schon etwas präziser",
ermahnte er sie, wobei er seine buschigen
Augenbrauen hob und dabei Monika Tschenke
fragend anschaute.

In den folgenden Minuten berichtete sie
wahrheitsgemäß und detailgetreu über das Fehlen
ihrer Freundin und Kollegin.

Nachdem der Polizist ihre Angaben in seinem PC dokumentiert hatte, bat er sie, auf der Bank gegenüber dem Empfang Platz zu nehmen.

„Ein Kollege wird sie gleich abholen."

Nach einer kurzen Wartezeit näherte sich ihr ein Mann in den Fünfzigern, mit markantem Gesicht, Dreitagebart, glatzköpfig und im karierten Jackett, das an der linken Seite verdächtig abstand. Sie vermutete dort eine Schusswaffe.

„Guten Tag, Frau Tschenke, mein Name ist Dieter Danner. Ich bin Hauptkommissar und muss Ihnen zur Vermisstenanzeige noch einige Fragen stellen. Bitte folgen Sie mir doch in mein Büro im ersten Stock", begrüßte sie der Kommissar freundlich. „Ich lese hier, dass Sie Ihre Freundin schon seit zwei Wochen vermissen. Warum melden Sie sich dann erst heute?"

„Yvonne ist auch meine Arbeitskollegin und mein Chef, Dr. Reinhard, hat mich vor zwei Wochen informiert, dass Yvonne kurzfristig eine Woche Urlaub genommen habe. Anfänglich konnte ich das gar nicht glauben, weil sie mir im Vorfeld gar nichts darüber erzählt hatte, aber als sie nach zehn Tagen weiterhin nicht erschienen war, machte ich mir Sorgen. Ich bin dann in ihre Wohnung gefahren. Den Wohnungsschlüssel hatte sie mir einmal vor einem Jahr in die Hand gedrückt. ‚Für alle Fälle', wie sie meinte. Sie hatte immer Angst vor ihrem ehemaligen Freund aus Leipzig."

„Und was haben Sie in der Wohnung vorgefunden?"

„Nichts Verdächtiges, ganz im Gegenteil. Die Wohnung war aufgeräumt und es fehlte ein Koffer und einige Klamotten. Auch ihr Wagen stand nicht in der Tiefgarage. Ich habe dann noch zwei Tage gewartet, nachdem ich mehrmals versucht hatte, sie telefonisch und über WhatsApp zu erreichen. Aber nichts! Und heute habe ich mich entschlossen, zu Ihnen zu gehen."

Hauptkommissar Danner lauschte den Ausführungen der jungen Frau aufmerksam. Er glaubte ihr jedes Wort und spürte instinktiv, dass hier ein Kapitalverbrechen vorlag. Zu lange war er schon im Geschäft und auf seine Intuition und seine Erfahrung konnte er sich noch immer verlassen.

Bevor Frau Tschenke sein Büro verließ, bat er sie noch um Yvonne Rechenbachs Wohnungsschlüssel.

Dabei blickte sie ihn mit großen, angsterfüllten Augen an und aufgrund seiner langjährigen Erfahrung spürte er, dass sie sich ernsthaft Sorgen um ihre Freundin und Kollegin machte.

Eine Stunde später stand Dieter Danner mit seiner Kollegin Rebecca Prechtlin in der kleinen Wohnung der Arzthelferin.

Mit den obligatorischen blauen Silikonhandschuhen und einem Kugelschreiber bewaffnet, untersuchten die beiden Schubläden, Schränke und einige umherliegende Unterlagen und Papiere.

Auch die aufgeschlagene Fernsehzeitung nahmen sie ins Visier.

„Lassen Sie die SpuSi antanzen. Ich glaube zwar nicht, dass die etwas finden werden, aber sicher ist sicher. Mir kommt das hier alles zu geleckt und aufgeräumt vor", ließ er etwas abgehoben seine junge Kollegin wissen, die seiner Meinung nach noch eine Menge lernen musste. Er war schließlich hier der Platzhirsch und Frau Prechtlin nur das kleine Reh. Gerne bemühte er derartige Vergleiche aus der Fauna, um seine Dominanz gegenüber dem schwachen Geschlecht zu unterstreichen. Mit ein Grund, warum er bis jetzt keine Frau fürs Leben gefunden hatte.

Seine langjährige Freundin Alexandra hatte ihn nach fünf Jahren Beziehung verlassen. Er sei ein unverbesserlicher Macho und sehe die Frauen nur als Hausfrauen und Gespielinnen an, hatte sie ihm bei der Trennung vorgeworfen. Dabei hatte er sie wirklich geliebt.

Danach vergnügte er sich nur mit Zufallsbekanntschaften, die oft nach zwei, drei Monaten zerbrachen. Meist aus demselben Grund: mangelnder Sinn für Gleichberechtigung – nicht nur im Privatleben, sondern auch im Beruf.

Die junge Kommissarin war ihm vor einem Monat von seinem Chef zugeteilt worden. „Herr Danner, nehmen Sie Frau Prechtlin unter Ihre Fittiche. Als Jahrgangsbeste hat sie sicherlich Potenzial.

Werden Sie ein Team, und lassen Sie sie teilhaben an Ihrer Erfahrung und ihrem Gespür", stellte er ihm die junge Kommissarin vor, wobei er ihm jovial auf die Schulter geklopft hatte.

Seitdem wuselte sie um ihn herum wie ein aufgeregtes Schaf, bemühte er wieder einen Vergleich aus der Tierwelt, als er sich an ihren Dienstbeginn in seiner Dienstelle erinnerte.

„Das hier wird eine langwierige Geschichte. Jetzt melden wir Frau Rechenbach erst einmal offiziell als vermisst an", versuchte der Hauptkommissar Struktur in den Fall zu bringen, während er vorsichtig die Wohnungstür schloss und seine Silikonhandschuhe auszog.

„Und ich werde einmal alles zusammentragen, was ich über Yvonne Rechenbach finde", ergänzte die junge Kommissarin engagiert.

„Ja, und fragen Sie bei den Kollegen in Leipzig nach, ob ihr Freund dort in letzter Zeit auffällig geworden ist."

***

Mit der Einnahme der Antidementiva-Tabletten, sowohl morgens als auch abends, fühlte sich Hector gegen kommende Attacken gewappnet. Gelegentlich wurde er von Kopfschmerzen und Schwindelgefühlen heimgesucht, die jedoch nach einigen Minuten verschwanden. Dann entspannte sich sein Körper spürbar und seine Erkrankung trat in den Hintergrund.

Die ersten Tage seines selbst gewählten Single-Daseins waren geprägt von organisatorischen Dingen, wie einen Router fürs Internet bestellen, die Post umleiten lassen, Putzmittel und Handwerkszeug besorgen, Lampen und allerlei Haushaltsgegenstände beschaffen und Lebensmittelvorräte kaufen. Entgegen seinen Gewohnheiten nahm er auch bei einem seiner Einkäufe im nahegelegenen Supermarkt eine Tageszeitung mit. Seit Jahren las er Nachrichten nur noch mit den einschlägigen Apps auf seinem Handy.

Als er die zweite Seite aufschlug, sprang ihm das Bild einer außergewöhnlich gut aussehenden jungen Frau entgegen.

Es handelte sich um eine Suchanzeige der Polizei: „Wer hat diese junge Frau seit dem 4. November gesehen? Sachdienliche Hinweise …"

Hector las nicht weiter. Aus einem bestimmten Grund kam ihm das Gesicht der Frau und ihr Name bekannt vor. Wo hatte er sie nur schon mal gesehen, fragte er sich nachdenklich, während er seine Lesebrille von der Nase nahm.

Es klingelte zweimal an seiner Wohnungstür. Bestimmt Frau Stern, die hilfsbereite Nachbarin, fiel es Hector ein. Nach seiner Fast-Ohnmacht kurz nach seinem Einzug hatte sie ihn sozusagen gerettet. Seine Krankheit, sein Auszug und eine sinnlose Perspektive hatten ihn aus der Bahn geworfen.

Arbeitslos, partnerlos, gesundheitslos, lebenslos! Er hatte an Selbstmord gedacht und versuchte es mit einer angebrochenen Flasche Whiskey, die ihm Charlotte zum Geburtstag geschenkt hatte.

Ergebnislos! Frau Stern holte ihn ins Leben zurück und sprach ihm in den folgenden Tagen Mut zu.

„Na, wie geht es Ihnen heute? Haben Sie auch Ihre Tabletten genommen?", erkundigte sich die rüstige Dame, als Hector ihr die Wohnungstür öffnete und sie ins Wohnzimmer bat.

„Mir geht es heute einigermaßen gut und ja, ich habe heute früh die Tabletten genommen", antwortete er leicht schmunzelnd, denn ihre Fürsorge rührte ihn.

Nachdem sie Hector aus seinem Koma wachgerüttelt hatte, ließ sie nicht locker, bis Hector sein Herz öffnete und ihr seine Leidensgeschichte mit allen Facetten offenbarte. Dabei kullerte auch so manche Träne über seine Wangen und tropfte auf seine zittrigen Hände. Gertrude Stern ließ ihn gewähren und am Ende seiner Erzählung spendete sie ihm Trost und versprach ihm, sich um ihn zu kümmern.

„Ihren Kummer und ihre Sorgen verstehe ich. Auch ich habe schon so manchen Schicksalsschlag erlitten. Eine Gertrude Stern lässt Sie nicht hängen", flößte sie ihm Hoffnung ein und ließ ihn wieder Mut schöpfen.

In den folgenden Tagen kochte seine Nachbarin immer etwas mehr zu Mittag und lud Hector zum Essen ein. Sie kümmerte sich auch um seinen kleinen Haushalt und half ihm, die richtigen Dinge einzukaufen, und verriet ihm, wo er am besten und günstigsten das erledigen konnte.

Als Gegenleistung kontrollierte er ihre vielfältigen Versicherungspolicen und kümmerte sich darum, unnötige Policen zu kündigen und teure Versicherungen durch günstigere zu ersetzen. Damit kannte er sich ja aus.

Als Hector nun seine Nachbarin aufforderte, auf seinem Sofa Platz zu nehmen, fiel ihr die Suchanzeige der jungen Frau auf, deren Bild ihr aus der noch nicht zusammengelegten Zeitung auf dem kleinen Couchtisch entgegenblickte.

„Bestimmt ein Kapitalverbrechen. Die Leiche werden sie bald finden", folgerte Gertrude Stern selbstsicher, während sie auf das Bild in der Zeitung deutete. „Yvonne Rechenbach heißt sie und ist Sprechstundenhilfe. Wahrscheinlich kommt sie aus der ehemaligen DDR." Sie schien sich sehr sicher.

Hector schaute mit offenem Mund in das Gesicht seiner Nachbarin und fing an zu stottern: „Ich, ich, ich … k… ke… kenne diese Frau. Die … die … die habe ich bei Dr. Rei … Dr. Rein … Dr. Reinhard gesehen." Immer noch blickte er Gertrude Stern mit offenem Mund an.

„Ist das ihr Arzt?", fragte seine Nachbarin ungläubig zurück.

„Ja, das ist mein Neurologe. Und überhaupt, diese Yvonne wollte mich wegen eines weiteren Arzttermins anrufen. Das hat sie bis heute nicht getan", antwortete er ohne weitere Sprachschwierigkeiten.

„Hm, wenn sie verschwunden ist oder tot, kann sie das ja auch nicht", konterte Gertrude Stern umgehend.

In der nächsten halben Stunde erzählte Hector seiner Nachbarin jedes Detail seines Arztbesuchs, einschließlich des miterlebten Verbrechens an der jungen Assistentin. Nachdem er ihrem Gesicht einen Namen zuordnen konnte, erinnerte er sich an jeden Moment jenes denkwürdigen Tages vor vier Wochen.

Gertrude Stern hing an seinen Lippen, glaubte ihm jedes Wort.

Gemeinsam beschlossen sie, dass er umgehend die Polizei aufsuchen und seine Beobachtungen zu Protokoll geben musste.

Am nächsten Morgen betrat Hector die Polizeidienststelle in der Saalburgstraße in Bad Homburg.

Als er an der Rezeption andeutete, dass er eine Aussage zu der Vermisstenanzeige der jungen Frau abgeben wolle, führte eine junge Polizistin ihn in ein Büro im ersten Stock.

Nachdem er mithilfe seines Personalausweises seine Kontaktdaten zu Protokoll gegeben hatte, begann Kriminalhauptkommissar Dieter Danner die Befragung:

„Herr Ostleben, was haben Sie, wann und wo beobachtet?" Hector schaute mit weit geöffneten Augen in dessen Gesicht. Eine lange Pause entstand und der Kommissar wiederholte seine Frage leicht irritiert. Hector Ostleben wusste genau, was er sagen wollte, aber seine Zunge war wie gelähmt. Im Kopf entstanden die Bilder getreu seiner Erlebnisse in der

Praxis von Dr. Reinhard. Ihm kam es vor, als bremse eine unbekannte Kraft die Verbindung zwischen Gehirn und Stimme. Panik stieg in ihm auf. Zittrig öffnete und schloss er seinen Mund, und um seinen unausgesprochenen Worten unbändigen Willen und Kraft zu verleihen, fingen seine Arme und Hände selbstständig an, ein imaginäres Orchester zu dirigieren. Schweiß stand ihm auf der Stirn und seine angsterfüllten Augen suchten panisch nach einem Fixpunkt.

„Herr Ostleben, geht es Ihnen nicht gut? Wie kann ich Ihnen helfen?", versuchte Danner seinen Gesprächspartner zu beruhigen. Die hinter Danner sitzende Kommissarin Prechtlin verfolgte die sich zuspitzende Situation. Dabei erinnerte sie sich an ihre noch nicht lange zurückliegende Ausbildungszeit auf der Polizeischule. Hier hatte man sie durch entsprechende Rollenspiele auf Fälle vorbereitet, in denen Zeugen stressbedingt einer Befragung nicht standhielten. Meist waren Angst vor Repressalien, Hyperventilation oder krankheitsbedingte Unzulänglichkeiten der Grund.

Umgehend sprang die junge Kommissarin auf, kniete sich neben Hector hin, hielt seine immer noch fuchtelnden Hände fest und redete beruhigend auf ihn ein: „Ganz ruhig, hier tut Ihnen keiner etwas. Lassen Sie sich Zeit, zu sprechen. Wir haben es nicht eilig. Wollen Sie ein Glas Wasser? Müssen Sie Medikamente einnehmen?"

Immer noch wollten wichtige Worte Hectors Mund verlassen, aber er schaffte es einfach nicht. Doch die fürsorglichen Worte und die warmen Hände der Polizistin bewirkten eine spürbare Entspannung seines Körpers und nach einigen Momenten sank er erschöpft auf seinem Stuhl zusammen.

„Können Sie sprechen oder möchten Sie ein anderes Mal wiederkommen?", versuchte Prechtlin die abgebrochene Konversation wieder aufzunehmen, denn sie spürte, dass der Mann etwas Wichtiges loswerden wollte.

Hector, der mittlerweile seinen Kopf in seine Hände gestützt hatte und so langsam wieder Kraft in seinen Körper pumpte, atmete mehrmals die stickige Büroluft ein und wieder aus.

„Es tut mir leid, aber ich kann mich an nichts erinnern. Warum bin ich hier? Habe ich irgendetwas gesagt?", versuchte er, wieder Herr der Situation zu werden.

Hauptkommissar Danner und seine junge Kollegin gaben sich weiterhin Mühe, Hector seine Erinnerungen zu entlocken, aber er konnte keinerlei wichtige Informationen zum Fall *Yvonne Rechenbach* zu Protokoll geben.

„Wir haben ihre Kontaktdaten. Wir melden uns wieder bei Ihnen."

Mit diesen Worten entließen sie Hector, nicht ohne sich nochmals nach seinem Wohlbefinden zu erkundigen.

Wortlos und nachdenklich verließ Hector Ostleben die Polizeistation.

6. Kapitel

Hector wusste nicht mehr, wo er war. Mit den beiden Einkaufstüten in der Hand verließ er den nahegelegenen Supermarkt und er war sich sicher, dass er nach Überqueren des Zebrastreifens in die erste Straße links abbiegen musste. Aber nach einigen Minuten Fußmarsch gelangte er in eine ihm unbekannte Wohngegend. Er versuchte sich neu zu orientieren, aber es gelang ihm nicht, und jetzt fingen auch wieder seine Sprachschwierigkeiten an. So sehr er sich auch bemühte, kein vernünftiger Ton verließ seinen Mund. Panik ergriff wieder seinen Körper. Schnell stellte er die Einkaufstaschen ab und öffnete seinen Mantel, um nach seinem Handy zu suchen. Nach einer fast endlosen Zeit zog er es aus seiner Hosentasche und mit zittrigen Fingern gelang es ihm, nach mehrmaligem Versuch, seine neue Adresse in seine Navigations-App einzugeben. Beinahe wäre ihm dabei das Handy auf die Straße gefallen.

„In fünfzig Metern links in die Seibertgasse abbiegen", verkündete die weibliche Handystimme Hectors nächstes Ziel.

In der rechten Hand das Handy und in der linken Hand die beiden Tüten erreichte er nass geschwitzt seine Wohnung.

Noch mit Mantel und Schal bekleidet, eilte er sofort in die kleine Küche und warf sich auf den Küchenstuhl am Esstisch, noch immer die Tüten in der Hand. Verwirrt und entkräftet legte er vorsichtig den Kopf auf die Tischplatte und schloss seine Augen. Erst nach einigen Momenten beruhigte sich sein Körper, und er fing an, seine Umgebung mit all ihren Gerüchen und Farben wieder wahrzunehmen.

„Mist, ich habe heute Morgen vergessen, die Tabletten zu nehmen. Das muss ich sofort nachholen", ermahnte er sich eindringlich und eilte stolpernd ins Bad.

Er legte zwei Tabletten auf seine Zunge und mit einem Schluck Wasser, und indem er seinen Kopf in den Nacken warf, würgte er sie herunter.

„Die Tabletten gehen auch bald aus", stellte Hector fest, als er die Blisterverpackung mit den restlichen Tabletten wieder in die Schachtel steckte. Um seinen Gedanken nicht gleich wieder zu vergessen, suchte er in seinen digitalen Kontakten nach der Telefonnummer seines Neurologen Dr. Reinhard.

„Ja, Herr Ostleben, Sie können das Rezept ab morgen abholen. Publikumsverkehr ist bis siebzehn Uhr", informierte ihn die Sprechstundenhilfe, nachdem er seinen Wunsch geäußert hatte.

Sogleich schrieb er sich für die Abholung der Tabletten am morgigen Tag einen Erinnerungszettel und legte ihn auf das kleine Holzregal an der Garderobe. Hier sammelte er neben seinen Haus- und Autoschlüsseln wichtige Dinge wie Portemonnaie, Handy, Kugelschreiber und allerlei Erinnerungszettel.

Nach dem Mittagessen bei Frau Stern kümmerte sich Hector um einige Versicherungsfälle, die ihm die Sekretärin seines Chefs mittels E-Mail hatte zukommen lassen. Alles Kleinigkeiten, die er mit seiner Routine in kurzer Zeit erledigte und wieder ins Büro retour schickte. Als er den Laptopdeckel schließen wollte, fiel ihm der Versicherungsfall *Dr. Reich* ein. Die Unterlagen dazu hatte er sich vorsichtshalber komplett kopiert. Hektisch suchte er danach und fand sie schließlich erleichtert in seiner Aktentasche, die er seit seinem Einzug nicht wieder in der Hand gehabt hatte.

Dr. Reich war Landtagsabgeordneter im Hessischen Landtag. In seinem Haus in Frankfurt war vor einem halben Jahr eingebrochen worden. Die Einbrecher brachen den Safe auf, in dem sich laut Dr. Reich einige kleinere Goldbarren und antiker Schmuck im Gesamtwert von fünfundvierzigtausend Euro befunden hatte. Sowohl die Polizei als auch Hector wunderten sich seinerzeit, dass nicht mehr aus der Wohnung entwendet worden war. Sowohl wertvolle Bilder, Teppiche und einige Kunstgegenstände ließen die Täter unberührt, obwohl für die Tat genügend Zeit zur Verfügung gestanden hatte, da Dr. Reich mit seiner Frau zum Tatzeitpunkt im Urlaub weilte.

Hector blätterte durch die Akte und sein Gespür sagte ihm, dass hier etwas nicht stimmte. Auch, dass sich sein Chef die Originalakten von ihm hatte geben lassen, erschien ihm ungewöhnlich. Robert Mühlhausen befasste sich selten mit den Versicherungsfällen seiner Agentur. Schließlich arbeiteten für ihn sechs erfahrene Versicherungskaufleute und eine Sekretärin, da musste er sich nicht auch noch in die Fälle hineinhängen, war seine Arbeitsphilosophie. Er kümmerte sich nur darum, dass der Laden lief und am Monatsende genug Gewinn auf sein Konto sprudelte. Nur bei heiklen Fällen, die für die Polizei, die Staatsanwaltschaft oder die Medien interessant schienen, ließ er sich täglich informieren oder kümmerte sich selbst um den Fall.

Hectors Recherchen zu Anfang des Falles ergaben, dass Dr. Reich und sein Chef im selben Golfklub spielten. Für ihn war klar, dass sich die beiden persönlich kannten. Hector legte die Akte nachdenklich beiseite.

***

Nach seinem vierwöchigen Sabbatical kehrte Hector wieder auf seinen Arbeitsplatz zurück. Obwohl sich seine Kollegin um die wichtigsten Fälle gekümmert hatte, und das auch mit achtbarem Erfolg für die Agentur, war einiges liegengeblieben. Hector verschaffte sich erst einmal einen Überblick und sprach sich mit seiner Vertretung ab. Über zweihundert E-Mails galt es abzuarbeiten, zu archivieren oder zu beantworten.

Nachmittags stand ein Termin mit seinem Chef an.

„Na, wie ist es Ihnen in den vergangenen vier Wochen ergangen, Herr Ostleben?", empfing ihn der Agenturbesitzer, noch bevor er sich in die kleine Besprechungsecke gesetzt hatte.

„Gut so weit", antwortete Hector ohne Umschweife, in der Hoffnung, dass sein Chef nicht weiter nachfragen würde.

Tat er aber leider doch. Neugierig, wie er war, versuchte er seinen Mitarbeiter nach seinem Gesundheitszustand auszufragen.

Anfänglich wehrte Hector die Fragen noch geistreich ab.

Schließlich goss er ihm reinen Wein ein und berichtete von seiner beginnenden Demenz, vom Arzttermin beim Neurologen, den Tabletten und dass er sich zwischenzeitlich von seiner Frau getrennt hatte.

Mühlhausen hörte ihm geduldig zu. „Und wie sollen wir jetzt weitermachen?", stellte er dann die unausweichliche Frage.

Kurz schauten sich die beiden Männer in die Augen.

„Wie wäre es, wenn ich auf eine halbe Stelle wechsle und im Homeoffice arbeiten kann? In Notfällen käme ich ins Büro?"

Wenn auch nicht vollständig überzeugt, so akzeptierte sein Chef den unerwarteten Vorschlag.

„Einverstanden, aber erst einmal nur für ein halbes Jahr. Dann schaue ich mir an, wie viel Geld sie der Agentur eingespart haben."

Abschließend erkundigte sich Mühlhausen nach Hectors neuer Wohnadresse und nahm erfreut auf, dass es in dessen Leben bereits wieder eine Frau gab, die sich um ihn kümmerte. Dass es sich dabei um eine zweiundachtzigjährige pensionierte Lehrerin handelte, erfuhr er nicht. Hector hatte vergessen, es zu erwähnen.

***

Nach zwei Tagen informierte Kommissarin Prechtlin ihren Chef über ihre Recherche zu der Vermissten.

„Yvonne Rechenbach, geboren wahrscheinlich am 14. 12. 1989 in Leipzig, ist wohl noch am selben Tag in die Babyklappe des Sankt-Georg-Klinikums gelegt worden. Die Nabelschnur war nur notdürftig abgeschnitten und noch blutig. Die Mutter wurde nie ausfindig gemacht. Nach einem halben Jahr kam sie erst einmal zu Pflegeeltern und wurde auf den Namen Yvonne getauft. Als Yvonne fünf Jahre alt war, ließen sich die Pflegeeltern scheiden und das Waisenhaus wurde für lange Zeit ihr neues Heim. 2009 beendete sie erfolgreich eine Ausbildung zur Medizinisch-Technischen Assistentin und trat ihre erste Stelle bei einem Hausarzt in der Nähe des Heims an. Nach wenigen Wochen verließ sie das Heim und zog in ein Appartement in der Südvorstadt. 2011 gewann sie einen Schönheitswettbewerb, den die lokale Presse ausgeschrieben hatte. In dieser Zeit muss sie auch ihren langjährigen Freund kennengelernt haben – einen stadtbekannten Playboy aus Wiesbaden, der nach der Wende mit dem Erwerb von Immobilien im Zentrum von Leipzig reich geworden ist."

„Weiß der etwas über den Verbleib von Frau Rechenbach?", unterbrach Hauptkommissar Danner seine junge Kollegin.

„Die Kollegen vor Ort haben ihn gestern vernommen. Er hat Yvonne seit über zwei Jahren nicht mehr gesehen. Sie verließ ihn, weil er eine Affäre mit einer zwanzigjährigen Studentin angefangen hatte. Er erzählte den Kollegen, dass sie fluchtartig Leipzig verlassen habe und in den Taunus gezogen sei. Wohin wusste er allerdings nicht."

„Sonst etwas, was wichtig wäre, zu wissen?", fragte der Hauptkommissar mit hochgezogenen Augenbrauen, so als erwartete er noch einige besonderen Details.

„Nein, ihre Wohnung in Bad Homburg und ihre Arbeitsstelle kennen wir ja. Außer …", die junge Kommissarin unterbrach ihren Bericht, so als wäre sie sich nicht sicher, ob sie weitersprechen sollte.

„Na, nun seien Sie kein scheues Reh, spucken Sie aus, was Sie noch über die Vermisste herausgefunden haben", köderte sie Danner.

„Möglicherweise ist es nicht wichtig, aber vielleicht interessant. Laut Aussage einer ehemaligen Arbeitskollegin aus Leipzig sprach Yvonne Rechenbach immer davon, dass sie sich einmal einen vermögenden Mann suchen würde, der ihr ein sorgloses Leben im Luxus ermöglichte, schließlich habe sie die Natur nicht umsonst mit Schönheit gesegnet."

„Nicht schlecht, Frau Specht", witzelte der Kommissar. „Gut gemacht, Frau Kollegin. Oft liegen die wertvollsten Dinge am Wegesrand."

***

„Hier ist Ihr Rezept, Herr Ostleben. Der Doktor hat Ihnen gleich drei Packungen aufgeschrieben. Ob das so mit der Dosierung passt, möchte der Doc noch wissen?" Die Sprechstundenhilfe schaute Hector fragend an.

„Ja, ich komme klar. Aber was ist mit den ausstehenden Untersuchungen? Von Ihrer Kollegin habe ich seit meinem letzten Termin nichts mehr gehört. Sie wollte mich doch deswegen zurückrufen", entgegnete er.

„Momentan bin ich alleine, deshalb kümmere ich mich zuerst um die wirklich wichtigen Termine. Bei Ihnen melde ich mich nächste Woche", entschuldigte sich die Assistentin, ohne Blickkontakt mit ihm aufzunehmen.

„Wann kommt denn Ihre Kollegin wieder?", fragte Hector neugierig nach.

„Yvonne wird seit vier Wochen vermisst. Keiner weiß, wo sie abgeblieben ist."

Hector schaute die Sprechstundenhilfe hinter dem Tresen nachdenklich an. Irgendetwas sagte ihm der Name *Yvonne*.

„Jetzt fällt mir noch was ein. Bei meinem letzten Praxisbesuch habe ich wahrscheinlich meinen Schal hier liegen gelassen. Würden Sie einmal nachschauen?"

Die Sprechstundenhilfe kam umgehend dem Wunsch nach und kramte unter dem Tresen in einigen der dort stehenden Plastikkörbe.

„Ja, hier liegt ein karierter Wollschal. Ist das Ihrer?", fragte sie, indem sie ihm das Kleidungsstück direkt vor das Gesicht hielt. „Ja, genau, das ist meiner", antwortete Hector und schlang ihn sich sogleich um seinen Hals. „Vielen Dank, der ist mir wichtig", gestand er, während er gleichzeitig an Charlotte dachte. „Der war ein Weihnachtsgeschenk meiner Frau."

„Sie sehen, in einem ordentlichen Haushalt geht nichts verloren", sagte die Sprechstundenhilfe schmunzelnd

***

Nach Praxisschluss verabschiedete sich Frau Tschenke von ihrem Chef. „Ich gehe dann jetzt. Für morgen früh ist alles vorbereitet. Sie sollten aber auch jetzt nach Hause fahren."

Noch bevor sie sich in Richtung Ausgang umdrehte, ergänzte sie noch: „Übrigens, der karierte Wollschal, den sie mir letzten Monat hinlegten und nach dem möglichen Besitzer fragten, gehörte Herrn Ostleben. Ich habe ihm den Schal heute Morgen ausgehändigt, nachdem er danach gefragt hatte."

„Ja, danke, dann weiß ich Bescheid", entließ Dr. Reinhard seine Assistentin in den Feierabend, wobei er sich bemühte, nicht überrascht zu wirken.

Als er endlich alleine in der Praxis war, versuchte er sich erneut an den Tatabend zu erinnern, und ja, wenn jemand etwas mitbekommen hatte, dann Herr Ostleben. Der war damals sein letzter Patient gewesen, erinnerte er sich.

***

„Herr Ostleben, wollen Sie nicht noch einmal wegen der Vermisstensuche zur Polizei gehen? Ihre Aussage ist vielleicht wichtig", insistierte Gertrude Stern nun zum wiederholten Male.

„Ja, bestimmt ist die wichtig. Aber ich kann mich nicht wirklich an Details erinnern. Nur der Name *Yvonne* löst in meinem durchlöcherten Gehirn etwas aus. Ich weiß aber nicht genau, was", entgegnete Hector unwirsch. „Auch wenn Sie mir noch hundertmal vor Augen führen, was ich Ihnen über das Verbrechen erzählt habe, nützt der Polizei und mir das wenig. Sobald ich denen sage, dass ich an beginnender Demenz leide, ist meine Aussage nur noch eine Randnotiz und kein Staatsanwalt oder Richter wird mir glauben."

Hector fuhr sich mit beiden Händen durch seine braunen gelockten Haare und schloss dabei die Augen. Wie sollte er mit der Situation umgehen? Gab es nicht einen verdammten Trick, um seinen Erinnerungen auf die Sprünge zu helfen? Dr. Reinhard konnte er ja schlecht fragen. Der würde sofort den Braten riechen und ihm in seine Krankenakte eine passende Diagnose schreiben, oder noch schlimmer, ihn als unzurechnungsfähig einstufen oder sogar umbringen. Nein, es musste eine andere Lösung her!

„Und wie wäre es, wenn wir zwei versuchen, dem Täter auf die Spur zu kommen?", sprudelte es förmlich aus Gertrude Stern heraus, wobei sie mit aufgerissenen Augen direkt in Hectors Gesicht schaute und den Finger ihrer rechten Hand, sozusagen als Ermahnung, hob. Hector hielt ihrem fragenden Blick stand und wie eine Offenbarung erinnerte er sich plötzlich an seine Volksschulzeit, als sein Lehrer ihn in der dritten Klasse fragte, was er denn später einmal werden wolle: „Amerikanischer Detective", ist damals aus ihm herausgeplatzt.

***

„Wann fliegst du denn heute zum Ärztekongress? Ich kann dich doch fahren?", fragte Susanne Reinhard ihren Mann.

„Um 14.10 Uhr geht die Maschine. Nein, brauchst du nicht. Ich habe mir ein Taxi für 12.00 Uhr bestellt", antwortete er ihr laut aus dem Ankleidezimmer, wo er seine Sachen für die Kurzreise heraussuchte und in den kleinen gerippten Alukoffer packte.

Charlotte Reinhard wäre froh gewesen, ihn zum Flughafen zu fahren. Ihr Auto, ein VW-Caddy mit Automatik, war extra für ihre Bedürfnisse umgebaut worden. Alle wichtigen Funktionen konnte sie mit den Händen bedienen. Der Heckbereich konnte heruntergelassen werden und es war möglich, über Schienen den Rollstuhl in den rückwärtigen Teil des Wagens hineinzuschieben, falls es ihr einmal schlechter gehen sollte und man sie ins Krankenhaus transportieren müsste. Aber bis jetzt fuhr sie noch alleine. Nach ihrem Unfall dauerte es Jahre, bis sie sich wieder an das Autofahren gewöhnt hatte. Dafür liebte sie es jetzt umso mehr. Gab es ihr doch die Möglichkeit eines weitgehend selbstbestimmten Lebens und erweiterte ihren Mobilitätsradius.

Ausflüge zum Flughafen, wie der heutige, vermittelten ihr auch das Gefühl, gebraucht zu werden. Aber ihr Mann war in den vergangenen Wochen unnahbar und schien nervös zu sein, kam es ihr dabei in den Sinn. In der Praxis lief nicht alles rund, seitdem diese Yvonne vermisst wurde. Eine neue Assistentin wollte er bislang nicht einstellen. Er rechnete noch immer damit, dass sie bald wiederkam. Nach Charlotte Reinhards Dafürhalten konnte sie bleiben, wo der Pfeffer wächst.

***

Am selben Abend traf sich Dr. Michael Reinhard mit Pedro de la Villa in Hamburg in einem Restaurant in der Nähe der Speicherstadt. Der argentinische Geschäftsmann hielt sich zufällig zur gleichen Zeit in Hamburg auf wie der Neurologe. Wenn es um Drogengeschäfte ging, bevorzugte er persönliche Treffen. Kommunikation mit dem Handy vermied er nach Möglichkeit. Dass er mit seinen Geschäften bisher nicht auffällig geworden war, verdankte er in erster Linie der Diskretion aller Beteiligten.

Während des Essens unterhielten sie sich angeregt über die aktuellen Themen aus Politik, Wirtschaft und Sport.

Zum Dessert bestellten sich beide eine Haselnuss-Panna-cotta und einen Espresso.

„Wie laufen denn die Geschäfte", wollte Dr. Reinhard von seinem Gesprächspartner wissen, während er den ersten Löffel seines Desserts probierte.

„Ganz ordentlich", antwortete Pedro de la Villa mit seiner rauchigen, leicht spanisch klingenden Stimme. „Aber die Italiener machen mir in letzter Zeit das Leben schwer. Sie haben in Deutschland den Kokainhandel in festen Händen und tätigen mittlerweile direkt mit den Kolumbianern ihre Geschäfte. Deshalb werde ich mich auch aus Deutschland verabschieden. Michael, ich werde nächstes Jahr siebzig, Zeit, aufzuhören. Das empfehle ich dir übrigens auch. Bis jetzt hast du viel Glück gehabt, aber strapaziere es nicht zu lange." Eine Pause entstand, in der die Männer Zeit hatten, ihren Nachtisch aufzuessen.

„Aber ich habe noch vor, eine letzte große Lieferung nach Deutschland zu bringen. Ich könnte dir hundert Kilogramm im Wert von 2,5 Millionen Euro verkaufen, sozusagen als Freundschaftspreis. Wenn du es weiterverkaufst, bekommst du sicherlich das Dreifache dafür."

Dr. Reinhard hob die Augenbrauen. Das Angebot hörte sich verlockend an und kam zur rechten Zeit. Mit 7,5 Millionen Euro könnte er sich endlich von seiner Frau lösen. Er wäre nicht mehr auf ihre Almosen, oder besser die ihres Vaters, angewiesen und könnte sorglos – wo auch immer – leben. Der Kaufpreis stellte auch keine Hürde dar. Seine Konten in der Schweiz deckten die Summe auf jeden Fall ab.

„Wo ist der Haken?", wollte er von seinem Gegenüber wissen.

„Wie gesagt, wir müssen vor der 'Ndrangheta auf der Hut sein und der Transport stellt noch eine Herausforderung dar. Insgesamt hat die Lieferung ein Gewicht von über sechshundert Kilogramm. Nicht gerade wenig. Damit ist mein kleiner Kunsthandel überfordert. Ich suche gerade nach einer anderen Einfuhrmöglichkeit, deshalb bin ich in Deutschland. Morgen fliege ich nach Frankfurt. Dort treffe ich mich mit einem Mittelsmann aus der Politik, bevor ich die Heimreise antrete. Wir könnten uns am Flughafen noch einmal treffen. Dann kann ich dir von dem Treffen berichten und sagen, wie es weitergeht."

Nach einem abschließenden Cognac bezahlte Dr. Reinhard bar und beide Männer verließen das Lokal.

„Ich melde mich morgen Abend kurz bei dir im Hotel, dann können wir einen Treffpunkt am Frankfurter Flughafen ausmachen", verabschiedete sich Pedro de la Villa von seinem deutschen Geschäftspartner und bestieg ein bereits wartendes Taxi.

Dr. Reinhard nutzte den trockenen und kalten Abend für einen Fußmarsch zu seinem 5-Sterne-Hotel am Rödingsmarkt.

Unterwegs erinnerte er sich an Yvonne, die ihn oft bei seinen Ärztekongressen heimlich im Hotel besucht hatte. Sie liebten sich dann die ganze Nacht und holten Versäumtes nach.

Sobald er den großen Drogendeal abgeschlossen hatte, würde er sich nach einer neuen Gespielin umschauen, wagte er einen Blick in die Zukunft.

7. Kapitel

„Wir müssen Dr. Reinhard sprechen", meldete sich Kommissarin Prechtlin bei der Sprechstundenhilfe hinter dem Empfangstresen an und hielt ihr den Dienstausweis vor die Nase.

„Ja, warten Sie doch bitte einen Augenblick im Wartezimmer. Der Doktor hat noch eine Patientin", vertröstete Monika Tschenke sie, wissend, warum die beiden Kommissare hier in der Praxis auftauchten.

Kurze Zeit später forderte Dr. Reinhard die beiden Polizisten auf, vor seinem großen Schreibtisch Platz zu nehmen.

„Ich weiß aber nicht mehr, als ich Ihrer Kollegin letzte Woche bereits mitgeteilt habe", fing er sogleich das Gespräch an, in der Hoffnung, es so knapp wie möglich halten zu können.

Klingt fast wie ein aufgeschrecktes Huhn, argwöhnte der Hauptkommissar treffsicher.

„Natürlich haben Sie das, aber mitunter fällt einem ja noch etwas ein oder auf", beruhigte er Dr. Reinhard.

„Wann bat Sie Frau Yvonne Rechenbach um ihren Spontanurlaub?", wollte Rebecca Prechtlin erneut wissen.

„Am Abend vorher. Sie sprach von einem einmaligen Reiseangebot. Günstig und kurzfristig, wie sie meinte. Am übernächsten Tag sollte es gleich losgehen. Eine Woche Sonne tanken auf Gran Canaria. Ich war absolut nicht begeistert, zumal auch meine zweite Assistentin noch einen Tag Urlaub hatte und ich somit alleine in der Praxis war", gab der Arzt der Kommissarin selbstbewusst Auskunft.

„Kann es sein, dass Sie von einem anderen Reiseziel sprach und Sie sich verhört haben?" Eine kurze Pause entstand.

„Nein, mit Gran Canaria bin ich mir sicher", bestätigte der Neurologe seine Aussage.

„Wir haben alle Abflüge vom Flughafen Frankfurt in der besagten Zeit überprüft. Frau Rechenbach hat auf diesem Weg Deutschland nicht verlassen. Sprach sie von einem anderen Flughafen, oder wollte sie sich mit jemandem treffen, vielleicht einem Reisepartner?"

„Soweit ich mich erinnern kann, erwähnte sie keinen Begleiter. Beim Flughafen bin ich halt vom Frankfurter Flughafen ausgegangen. Der liegt doch vor unserer Tür. Nachgefragt habe ich natürlich nicht."

Die Polizistin schien nicht zufrieden zu sein mit seiner Antwort.

„Fragen Sie doch meine Assistentin, Frau Tschenke, die war mit Yvonne Rechenbach befreundet. Bestimmt weiß die mehr als ich", verwies der Neurologe auf seine Sprechstundenhilfe. Mit Erfolg, denn wenige Minuten später verabschiedeten sich die beiden Polizisten von der Sprechstundenhilfe.

„Solange es keine Leiche oder zumindest einen konkreten Hinweis auf eine Straftat gibt, sind uns die Hände gebunden", fasste Dieter Danner die aktuelle Situation zusammen, nachdem sie die Praxis verlassen hatten.

„Da war doch dieser Hector Ostleben bei uns im Büro und wollte eine Aussage zu der Vermisstenanzeige machen", fiel der Kommissarin wieder ein. „Der hatte doch einen Aussetzer und konnte sich an gar nichts mehr erinnern. Vielleicht kann der uns jetzt weiterhelfen."

„Einen Versuch wäre es wert. Der soll uns heute doch noch einmal besuchen." Hauptkommissar Danner klang verhalten optimistisch.

„Können Sie sich noch an Ihren Besuch bei uns erinnern? Sie wollten eine Aussage zu der

Vermisstenanzeige von Frau Yvonne Rechenbach zu Protokoll geben", versuchte Frau Prechtlin das Gespräch in Gang zu bringen, nachdem Herr Ostleben Platz genommen hatte.

„Ja, natürlich erinnere ich mich daran. Auch, dass ich keinen Ton herausgebracht habe. Die Situation ist mir immer noch peinlich", entschuldigte er sich mit gesenktem Blick.

„Das muss Ihnen nicht peinlich sein. Aber an den Namen Yvonne können Sie sich erinnern", fasste die Kommissarin nach.

Hector Ostleben überlegte kurz. „Ja, an den Namen erinnere ich mich."

„Und warum ausgerechnet an den Namen?"

„Na, weil auch die Sprechstundenhilfe von Dr. Reinhard, meines Neurologen, so heißt", antwortete er zügig, und ohne lange zu überlegen.

Die beiden Kommissare schauten sich überrascht an. „Sind Sie etwa bei Dr. Reinhard in Behandlung?", wollte Hauptkommissar Danner wissen.

***

Am Abend vorher war Hector in seine alte Wohnung gefahren. Hier packte er sowohl einige zurückgelassene Kleidungsstücke als auch wichtige Dokumente in einen großen Hartschalenkoffer ein. Charlotte war bei ihrer Chorstunde. Er schrieb ihr einen Zettel, dass er dagewesen sei und einige persönliche Dinge abgeholt hätte. Den Zettel platzierte er mittig auf dem großen Esstisch und beschwerte ihn mit dem alten silbernen Kerzenständer, der mit seinem Kerzenschein schon so oft der Mittelpunkt eines romantischen Abendessens gewesen war.

Mit einem leichten Schwung hob er den schweren Koffer in den Kofferraum seines alten Golfs. Für längere Fahrten oder Reisen benutzten sie Charlottes Volvo. Sein alter Golf wurde nur noch sporadisch für kürzere Fahrten in der näheren Umgebung genutzt.

Nachdem Hector die Tiefgarage verlassen hatte, fuhr er zügig in Richtung Niederursel. Die trostlose Dezemberlandschaft flog an ihm vorbei und Hector fühlte sich weit entrückt, glücklich und gleichzeitig verzweifelt.

Wie um sich Mut zu machen, begann er das bekannte Weihnachtslied, das gerade aus dem Autoradio ertönte, mitzusingen. Doch seine Stimme folgte dem Liedtext nicht.

Gehirn und Mund fanden einfach nicht zusammen, so sehr er sich auch anstrengte. Zwar bewegte sich sein Mund entsprechend der Liedzeile, doch kein Ton verließ seine Kehle.

Der Kampf zwischen Wille, Gehirn, Stimme, Zunge und Mund forderte seine ganze Kraft und

Aufmerksamkeit. Hilft mir denn keiner, schien er sich selbst zuzurufen. Warum versteht mich denn keiner?

Nassgeschwitzt und mit dem letzten Mut der Verzweiflung riss er intuitiv am Lenkrad und donnerte mit überhöhter Geschwindigkeit in die Ausfahrt Rosbach vor der Höhe. Die Fliehkräfte drückten ihn gegen die Fahrertür. Er überfuhr eine rote Ampel und wenige Augenblicke später erreichte er den Parkplatz eines nahegelegenen Supermarktes, auf dem er fast eine Kundin mit ihrem vollen Einkaufswagen rammte. Mit blockierten Reifen und einem gewaltigen Ruck stellte er den Wagen mitten auf dem riesigen und halb leeren Platz ab. Der Sicherheitsgurt begann sich kurz zu bewegen, blockierte dann und hielt seinen Körper auf dem Sitz sicher gefangen. Seine steifen Finger rutschten vom Lenkrad und sein Körper fiel in sich zusammen.

Nach einer Viertelstunde, die Autoscheiben waren mittlerweile angelaufen und verhinderten den Blick nach draußen, erwachte Hector wieder. Was war passiert, wo war er?, versuchte er sich zu orientieren. Mit schnellen Wischbewegungen über die von innen beschlagene Windschutzscheibe verschaffte er sich freien Blick auf die Umgebung. Der Geruch von verbranntem Gummi katapultierte ihn zurück in die Gegenwart, und innerhalb weniger Augenblicke erinnerte er sich an die lebensgefährliche Fahrt über die Autobahn A5. Sein Schutzengel hatte ihn mal wieder beschützt, kam es ihm dabei sofort in den Sinn.

Nachdem die Klimaanlage das Kondensat von den Scheiben gesaugt hatte, trat er mit zittrigen Beinen und schwitzigen Händen vorsichtig die Heimreise nach Niederursel – dieses Mal über die Landstraße – an.

Beim gemeinsamen Mittagessen mit Gertrude Stern berichtete er ihr von seinem unfreiwilligen Abenteuer und welches Glück ihm beschienen gewesen war.

„Lange wird das nicht mehr gut gehen", schloss er seinen kleinen Bericht ab. „Ich benötige medizinische Hilfe, wenn ich meine Ausfälle in den Griff bekommen will. In die Fänge von Dr. Reinhard will ich mich nicht begeben und zu einem neuen Neurologen traue ich mich nicht. Wer weiß, was der mit mir vorhat. Vielleicht kennt der Kollege Dr. Reinhard zufällig und erzählt ihm von mir. Ich stecke in einem klassischen Dilemma."

„Das heißt, wir müssen die Flucht nach vorn antreten", motivierte ihn Gertrude Stern, während sie die benutzten Teller vom Tisch in die Küche trug.

„Einverstanden", entfuhr es Hector nach einer kurzen Denkpause. „Wir müssen den Doktor erst einmal observieren und herausfinden, wo er unterwegs ist und mit wem er sich trifft", begann er wie ein *Detective* zu denken.

„Ich habe auch schon herausgefunden, wo er wohnt", antwortete ihm seine Nachbarin stolz aus der Küche.

„Lassen Sie uns heute mit der Observation beginnen", rief ihr Hector zu, während er gleichzeitig in die Hände klatschte, so als wäre jetzt ein imaginärer Startschuss gefallen.

Noch am selben Abend beobachteten Hector und Gertrude Stern die hell erleuchtete Villa von Dr. Reinhard aus dem Golf heraus. Sie standen keine fünfzig Meter von der großen Einfahrt entfernt. So konnten die beiden Hobby-Detektive genau erkennen, wer das Haus betrat oder verließ. Aufgrund der Kälte und der Luftfeuchtigkeit im Wageninneren ließ Hector den Motor laufen. Gefütterte Jacken, warme Unterwäsche und dicke Socken verhinderten zusätzlich ein Absinken der Körpertemperatur. Eine Thermoskanne Kaffee half dabei, die Aufmerksamkeit wachzuhalten. Anfänglich unterhielten sich beide noch angeregt, doch bald schon war jeder von ihnen mit sich selbst beschäftigt und hing seinen Gedanken nach. Hector kam die Situation mittlerweile grotesk vor, und er wollte die ganze Sache schon abbrechen, als sich das große metallene Tor der Villa öffnete und ein SUV an dem Golf vorbeischlich. Hector nahm die Verfolgung mit einigem Abstand auf. Der Arzt fuhr in Richtung Flughafen. Seine Nachbarin ließ den Verfolgten nicht mehr aus den Augen und dirigierte Hector durch den abendlichen Verkehr. Mit ihren faltigen Fingern wies sie immer wieder auf den momentanen Aufenthaltsort des großen Wagens hin.

Den beiden war schnell klar, welches Ziel der Arzt ansteuerte.

In der großen Ankunftshalle im Flughafen verloren sie mehrere Male seine Spur. Doch das Glück war auf ihrer Seite. Zusammen mit einem älteren Mann mit südlichem Teint, bekleidet mit einem teuren gefütterten Wintermantel und einem beigefarbenen Schal, saß Dr. Reinhard in einem kleinen Bistro. Beide unterhielten sich angeregt. Hector schoss mit seinem Handy unerkannt einige Bilder aus verschiedenen Perspektiven.

Zurück im Auto beschlossen sie, dass es keinen Mehrwert brachte, den Arzt auf seinem Rückweg nach Hause zu verfolgen.

„Komisch, dass er sich mit einem Mann hier auf dem Flughafen trifft, das ist fast schon konspirativ", begann Hector seine Analyse.

„Ja, das stimmt. Das war sicherlich ein Spanier oder Südamerikaner. Warum hat er ihn nicht zu Hause empfangen? Zum Schluss des Gesprächs hat der ihm noch einen Zettel zugeschoben", setzte Gertrude Stern das Gespräch fort.

Während ihrer Rückfahrt versuchten sie, eine logische Verbindung zwischen dem Tod von Yvonne Rechenbach und dem Treffen auf dem Flughafen herzustellen.

„Auf jeden Fall geht es hier nicht mit rechten Dingen zu, das sagt mir meine Spürnase", argwöhnte Hector und seine Begleitung pflichtete ihm kopfnickend bei. „Es kann aber auch sein, dass wir es hier mit zwei verschiedenen Fällen zu tun haben", spann er seine Gedankengänge weiter.

Zu Hause angekommen, bedankte er sich bei seiner Nachbarin für ihre Hilfe, wobei sie ihm nochmals versicherte, dass sie ihn auch weiterhin unterstützen wolle.

„Gemeinsam werden wir den Fall lösen", verabschiedete sie ihn vor seiner Wohnungstür.

Hector war zu aufgekratzt, als dass er gleich zu Bett gehen konnte. Er entschied sich, alle Geschehnisse, Erkenntnisse und noch so kleinen Hinweise zu dem Fall in seinem schwarzen Notizbuch zu vermerken. Wenn er aufgrund seiner Krankheit manche Erinnerungen verlieren würde, könnte er sie hier nachlesen, beruhigte er sich, bevor er sein Schlafzimmer aufsuchte.

***

Dr. Reinhard zog den kleinen Zettel, den ihm Pedro im Flughafen zugesteckt hatte, aus seiner Hosentasche.

Auf dem Zettel war nur ein Termin vermerkt, an dem ein Mittelsmann Kontakt mit ihm aufnehmen würde. Von ihm würde er auch Ort und Zeitpunkt der Drogenübergabe erfahren, hatte ihm sein argentinischer Partner noch mit auf den Weg gegeben.

Den Zettel warf Dr. Reinhard in die glimmende Restglut seines Kamins, der das große Wohnzimmer in eine angenehme und warme Wohnlandschaft verwandelt hatte. So kurz vor Weihnachten war endlich auch Schnee im Taunus gefallen. Der Blick in den weitläufigen Garten offenbarte eine romantische Winterlandschaft. Kurz erinnerte sich der Arzt an seine – nicht weit von ihm, in einem eisigen Grab liegende – Geliebte.

Die Praxis war seit einigen Tagen geschlossen. Er und Susanne würden Weihnachten und Silvester zu Hause verbringen, wobei sie am ersten Weihnachtstag bei ihren Eltern eingeladen waren und zu Silvester und Neujahr Besuch von einem befreundeten Ehepaar aus München bekämen. Günther und Roswitha Riedel. Die Ehepaare hatten sich in der Reha in Bad Griesbach kennengelernt, zwei Monate nach dem Autounfall seiner Frau.

Während sie weiterhin an den Rollstuhl gefesselt blieb, konnte Günther mit zwei Knieprothesen nach einem halben Jahr wieder laufen.

***

Heiligabend feierte Hector bei Gertrude, die ihn kurzfristig am Morgen eingeladen hatte. „Bei mir gibt es an Heiligabend immer Sauerbraten mit Knödel und Rotkraut. Das war das Lieblingsessen meines Mannes. Zum Dessert habe ich einen echten Vanillepudding mit Milch und Sahne vorbereitet. Dazu Früchte aus dem Rumtopf."

„Das hört sich ja wirklich lecker an. Dann bringe ich eine gute Flasche Rotwein mit", versprach Hector ihr, als sie bei ihm an der Wohnungstür geklingelt hatte und er froh über die Störung gewesen war.

Als er am Spätnachmittag ihr Wohnzimmer betrat, funkelte ihm ein kleiner künstlicher Weihnachtsbaum mit Lichterkette, behangen mit einigen goldenen Weihnachtskugeln, Lametta und kleinen Strohsternen, entgegen. Im Hintergrund lief leise Weihnachtsmusik im Radio. Hector musste schlucken, seine Augen füllten sich mit Tränen und für einige Momente dachte er an Charlotte, mit der er so viele friedvolle und romantische Weihnachten gefeiert hatte. Warum konnte nicht alles wie früher sein? Und warum traf es gerade ihn?, bemitleidete er sich selbst.

Gertrude erkannte sofort Hectors Gefühlslage und durchbrach die dunklen Wolken.

„Frohe Weihnachten, Hector. Lass uns einen schönen Abend haben und alle schlechten Gedanken über Bord werfen!"

„Das wünsche ich dir auch. Und noch einmal vielen Dank für die Einladung", entgegnete Hector mit einem verhaltenen und dankbaren Lächeln auf den Lippen. Er war froh, dass sie sich jetzt duzten.

Während des Weihnachtsessens lobte er mehrmals Gertrudes Kochkünste und fühlte sich bei dem guten Essen an seine Großmutter Rosa erinnert, die es sich nicht nehmen lassen hatte, zu den Festtagen auch groß aufzutischen und immer ganz glücklich war, wenn es den Gästen schmeckte. Mit ihrer nicht mehr ganz weißen Schürze bekleidet und ihren mit Mehl eingepuderten Händen, schien sie ihm aus der Vergangenheit zuzuwinken.

In den darauffolgenden Stunden erzählten sich die beiden abwechselnd, wie sie als Kinder und Jugendliche die Weihnachtszeit erlebt hatten. Gertrude berichtete von einigen entbehrungsreichen Festen, an denen nur kleine handgemachte Geschenke ihres Vaters unter dem spärlich geschmückten Weihnachtsbaum lagen. In ihrer Referendarzeit, in der sie ihren Mann kennenlernte, feierte sie zusammen mit ihm Weihnachten in ihrer kleinen Mansarde im fünften Stock in Marburg. Einmal war es so kalt in ihrer Bude gewesen, dass sie Heiligabend gemeinsam im warmen Bett verbracht hatten. Während sie davon erzählte, glühten ihre Wangen und glänzten ihre Augen. Mit jedem Wort spürte Hector ihre immer noch vorhandene Liebe zu ihrem Mann, der leider viel zu früh verstorben war.

Solange Hectors Großvater Alexander und seine Großmutter Rosa lebten, feierten er und seine Eltern immer in deren großem Haus in Frankfurt. Die schwere hölzerne und reich verzierte Eingangstür säumten zwei hohe Steinsäulen. In der weitläufigen Eingangshalle stand immer der große, reich verzierte Weihnachtsbaum neben den Schiebetüren zum Ess- und Herrenzimmer. Unter dem Baum lagen Heiligabend die vielen bunt eingepackten Weihnachtsgeschenke für alle Familienmitglieder. Es dauerte immer viel zu lange, bis alle Geschenke ausgepackt waren, man sich gegenseitig bedankt hatte und endlich das Essen auf dem großen Esstisch aufgetragen wurde. Während sich die Erwachsenen dann anschließend im Herrenzimmer gemütlich einrichteten, rauchten, tranken und über Gott und die Welt sprachen, beschäftigte sich Hector so lange mit seinen Geschenken, bis er auf dem großen ledernen Sofa mit den vielen Decken und Kissen einschlief. Seine Mutter weckte ihn dann meist erst gegen

Mitternacht, damit er sich für die Rückfahrt schlaftrunken in seinen Mantel zwingen und widerwillig Wollmütze und Schal anziehen konnte.

In den späteren Jahren wurde dann nach dem deftigen Weihnachtsessen stundenlang Rommé oder Canasta gespielt. Glückliche Zeiten für einen heranwachsenden Jugendlichen, der damals nicht an die Zukunft dachte.

Zur vorgerückten Stunde bogen die Gespräche der beiden wieder in die Gegenwart ein.

„Wie wollen wir denn in unserem gemeinsamen Fall weitermachen?", brachte es Gertrude auf den Punkt, die sich ein wenig wie Dr. Watson vorkam.

Nachdenklich rieb Hector über sein Kinn. „Wir müssen näher ans Geschehen. Vor allem benötigen wir einen Hinweis, wo der Leichnam abgeblieben ist. Damit könnten wir die Tat eindeutig beweisen. Am besten wird es sein, wenn ich noch einmal in die Sprechstunde gehe. Vielleicht habe ich dort Gelegenheit, an Informationen zu kommen. Würdest du mich begleiten? Ich kann dich ja als meine Mutter vorstellen. Vom Alter her passt es doch."

Seine Nachbarin schaute ihn mit großen Augen und offenem Mund an. Ihr zögerliches Nicken mit einem leichten Schmunzeln auf den Lippen wertete er als Zustimmung.

8. Kapitel

Anfang Januar öffnete Dr. Reinhard seine Praxis wieder. Um der Polizei keine Verdachtsmomente zu liefern, stellte er für die fehlende Yvonne keine Nachfolgerin ein. Offiziell rechnete er noch damit, dass seine Sprechstundenhilfe wieder auftauchte und sich ihr Verschwinden ganz einfach erklären ließe.

„Vielleicht ist sie ja auf Gran Canaria oder wo auch immer in einen Unfall verwickelt worden und liegt dort im Krankenhaus", sprach er Monika Tschenke Mut und Hoffnung zu, da er wusste, dass die beiden Assistentinnen befreundet gewesen waren.

**

„Herr Ostleben, bitte ins Behandlungszimmer 1", forderte ihn die knarzige Stimme aus dem Lautsprecher neben der großen runden Uhr auf. Neben ihm saß Gertrude Stern, die er beim Betreten der Praxis als seine Mutter vorstellte. Als Grund für seinen Arztbesuch gab er die nicht erfolgten Telefonanrufe wegen weiterer neurologischer Untersuchungen und die Aktualisierung seiner Medikation an.

„Ja, ich kann ihren Unmut verstehen", versuchte Dr. Reinhard die überfälligen Anrufe zu entschuldigen. „Leider fehlt mir seit zwei Monaten meine zweite Kraft und durch die lange Schließung der Praxis über die Feiertage ist einiges liegengeblieben. Wir werden für Sie noch diese Woche den MRT-Termin bei Dr. Günther arrangieren. Bei dem habe ich noch etwas gut, und der wird sie bestimmt dazwischenschieben können."

***

Während des Gesprächs blätterte Dr. Reinhard konzentriert durch die Krankenakte von Herrn Ostleben. Auch wenn er nachweislich der letzte Patient gewesen war, als er Yvonne im Streit erwürgte, glaubte er nicht, dass Hector Ostleben von der Tat etwas mitbekommen hatte. Die Polizei wäre sonst sicherlich schon vor Wochen mit einem Durchsuchungsbefehl hier aufgekreuzt, folgerte er logisch. Gerade wollte er Herrn Ostleben empfehlen, seine Medikation ab sofort zu erhöhen, als er laute Stimmen aus dem Wartezimmerbereich vernahm.

„Herr Doktor, kommen Sie doch bitte schnell. Hier liegt die Mutter von Herrn Ostleben auf dem Boden!"

***

Sofort sprang Dr. Reinhard auf und spurtete durch den kleinen Flur zu der am Boden liegenden Mutter, alias Gertrude Stern.

Sowohl eine anwesende Patientin als auch Sprechstundenhilfe knieten am Boden bei Gertrude und sprachen beruhigend auf sie ein, während Dr.

Reinhard ihren Puls fühlte und mit einer kleinen Lampe in ihre Augen leuchtete.

Das kurzfristig entstandene Chaos nutzte Hector dazu, sich im Behandlungszimmer schnell umzuschauen. Viel Zeit blieb ihm nicht. Etwas fand man immer an einem Tatort, auch wenn es noch so unbedeutsam war. Ihm fielen spontan etliche Kriminalfilme ein, bei denen ein vermeintlich unwichtiger Fund oftmals zur Auflösung geführt hatte.

Mit einer mitgebrachten kleinen LED-Taschenlampe kroch er unter den großen Schreibtisch und leuchtete hektisch den Boden ab. Die Sekunden verstrichen. Nichts! Er wollte schon wieder den Rückzug antreten, da bemerkte er unter einem der Chromfüße des Tisches eine goldene Haarspange, die sich dort verhakt hatte. Schnell zog er sie unter dem Fuß hervor und steckte sie sich in die Brusttasche seines blauen Hemdes. Nun war es höchste Zeit, sich um Gertrude zu kümmern. Er konnte sie mit ihrer Kreislaufnummer nicht so lange alleine lassen. Fast befand er sich schon wieder auf dem Rückweg in das Wartezimmer, als ihm eine mittelgroße Bronzestatue auffiel, die einsam auf der Fensterbank hinter dem Schreibtisch stand. Sie stellte eine südamerikanische Gottheit dar. Vermutlich aus der Zeit der Maya, fiel es Hector ein. Intuitiv und neugierig griff er danach und drehte sie, um die Unterseite zu begutachten. Meistens fand man auf der Standfläche einige Angaben zu der Figur. Jedoch ohne Erfolg! Nur ein goldener Sticker mit der Aufschrift „Kunsthandel Pedro de la Villa Hamburg" leuchtete ihm entgegen. Die Zeit war zu kurz, um eine Schlussfolgerung daraus zu ziehen. Blitzschnell stellte er die Bronzefigur wieder an ihren angestammten Platz und eilte seiner Partnerin im Wartezimmer zu Hilfe. Die ganze Aktion dauerte nur wenige Minuten.

So, als hätte er sich schon seit längerer Zeit hinter Dr. Reinhard befunden, mischte sich Hector nun in das Geschehen ein.

„Geht es dir besser, Mutter?", fragte er voller Sorge und Anteilnahme in seiner Stimme. Seine Abwesenheit war von den Beteiligten nicht wahrgenommen worden. Auch nicht von Dr. Reinhard, der jetzt Gertrude langsam auf die Beine half.

„Geht es Ihnen wirklich besser?", wollte der Arzt nachdrücklich wissen. „Im Behandlungszimmer 2 steht eine Liege, dort können Sie sich hinlegen und ich kann Sie nochmals durchchecken."

„Nein, bitte keine Mühe, mir geht es schon viel besser", schauspielerte die Zweiundachtzigjährige überzeugend.

„Könnte ich nur einen Schluck Wasser haben?"

Die Sprechstundenhilfe eilte hinter den Tresen und reichte ihr ein Glas frisches Wasser.

Nachdem sich das von Gertrude verursachte Durcheinander gelichtet hatte, bat der Arzt Hector nochmals in das Behandlungszimmer.

„Es wäre wichtig, dass ihre Mutter umgehend bei ihrem Hausarzt vorstellig wird und sich untersuchen lässt. Ich konnte jetzt auf die Schnelle nichts feststellen. Ganz im Gegenteil, Puls und Atmung waren eigentlich kräftig und stabil. Aber nicht, dass sich ein Herzinfarkt ankündigt, damit ist in dem Alter Ihrer Mutter nicht zu spaßen."

Hector versprach, auf die alte Dame einzugehen.

„Ach ja, und Sie bitte ich, die Dosierung des Antidementivas zu erhöhen. Nehmen Sie ab morgen drei Tabletten, jeweils morgens und abends. Ich gebe Ihnen noch ein Rezept mit und Frau Tschenke wird Sie morgen wegen des MRT-Termins anrufen."

Dr. Reinhard wollte sich schon von Hector verabschieden, als ihm eine Frage einfiel: „Können Sie sich noch an Ihren Novembertermin bei mir erinnern? Ist Ihnen da nicht etwas Ungewöhnliches aufgefallen?"

Die wie aus dem Nichts kommende Frage drang langsam in Hectors Gehirn ein und sofort spürte er eine aufkommende Hysterie in sich aufsteigen. Er musste jetzt schnell handeln und umgehend diesen

Ort verlassen, ansonsten machte er sich verdächtig. Angstschweiß bildete sich in seinem Nacken.

„Nein, mir ist nichts aufgefallen. Aber jetzt muss ich mich um meine Mutter kümmern", antwortete er ein wenig zu laut und zu schnell. Nur weg hier, ermahnte er sich, während er sich umdrehte und mit eiligem Schritt das Behandlungszimmer verließ, Mantel und Schal von der Garderobe riss und Gertrude mit beherztem Griff aus der Praxis zog. Im Treppenhaus angekommen, lehnte er sich erschöpft an die Wand, um dann langsam auf eine der Stufen zu sinken und mehrmals kräftig ein- und auszuatmen. Seine Begleiterin schaute ihn angsterfüllt an. Er sah, dass sie hoffte, dass es keine neue Attacke wäre.

***

Dieter Danner und seine Kollegin standen vor einer Landkarte mit Frankfurt als Mittelpunkt und einem weiß eingezeichneten Radius von dreißig Kilometern. Bunte Stecknadeln mit kleinen Namenszetteln markierten den Wohnort von Yvonne Rechenbach, die Praxis von Dr. Reinhard als Arbeitsort von Yvonne und den nahegelegenen Rhein-Main Airport, von dem aus die Vermisste nach Aussage von Dr. Reinhard nach Gran Canaria abgeflogen war.

„Falls sich die Vermisste hier aufhält, werden wir sie über die Fahndung finden", referierte die junge Kommissarin, indem sie mit einer ausladenden

Armbewegung über die Karte strich. „Sie ist weder vom Frankfurter Flughafen, noch von Nürnberg oder München gestartet", fuhr sie fort.

„Aber wenn sie hier irgendwo verscharrt ist, werden wir sie niemals finden. Das Gebiet ist einfach zu groß und wir haben keinerlei Hinweise, die auf ihren Aufenthaltsort hinweisen könnten", unterbrach Hauptkommissar Danner die Ausführungen seiner Kollegin. Mit einem leisen Seufzer setzte er sich auf seinen Bürostuhl und vergrub sein Gesicht in den Händen. Er hasste diese Momente. Man kam keinen Millimeter vorwärts, so sehr man sich auch mühte. Sogar die Kollegin schien erschöpft – wie ein angeschossenes Reh –, bemühte er einen seiner Vergleiche.

„Nächste Woche werden wir den Fall beiseitelegen. Wir haben schließlich noch andere Fälle. Hier habe ich etwa die Geldautomatensprengungen in Steinbach und Ober-Eschbach", versuchte Danner, die sich im Raum befindende Lethargie zu vertreiben, während er einen grauen Schnellhefter in der muffigen Büroluft herumschwenkte.

Kommissarin Prechtlin entfernte sich mit langsamen Schritten von der Landkarte in Richtung ihres Schreibtisches, wobei sie die große Kopie des Passfotos von Yvonne Rechenbach, die neben der Karte hing, fokussierte. An ihrem Arbeitsplatz angekommen, rief sie sich noch einmal alle Protokolle im Zusammenhang mit dem Verschwinden der hübschen Sprechstundenhilfe in Erinnerung. Solch ein hübsches Ding verschwand nicht einfach so. Wenn man aussah wie ein Modell, dann versuchte man seine Schönheit auch einzusetzen. War eigentlich noch niemandem aufgefallen, dass sie keinen Freund hatte? Mit ihrem Aussehen könnte sie doch an jedem Finger zehn Männer haben, fiel ihm ein alter Spruch seiner Mutter ein.

***

Hectors Attacke löste sich in Luft auf und ging so schnell vorbei, wie sie gekommen war. Auch Gertrude war froh, dass es ihm wieder besser ging. In seiner Wohnung angekommen, erinnerte er sich seines ungewöhnlichen Fundes aus der Arztpraxis, fingerte vorsichtig die goldene Haarspange aus seiner Brusttasche und betrachtete sie im Schein der nackten Glühbirne, die notdürftig das Wohnzimmer erleuchtete. Ein blondes Haar war in der Spange eingeklemmt. Hector konnte es ganz deutlich erkennen. Gehörte die Spange der vermissten Yvonne Rechenbach? Wenn ja, dann könnte sie mit dem blonden Haar ein *Corpus Delicti* sein, kam es ihm sogleich in den Sinn. Er zeigte seinen Fund Gertrude.

„Das hier habe ich unter seinem Schreibtisch entdeckt."

Seine Nachbarin nahm ihm vorsichtig das Fundstück ab und eilte damit in ihre Wohnung. Hector wollte schon protestieren, aber nach wenigen Augenblicken kehrte sie mit schnellen Schritten, ein Plastiktütchen in der Hand, wieder zurück. Hector erkannte darin die gefundene Haarspange.

„Das ist eine gute Idee, damit ist das *Corpus Delicti* gut geschützt", lobte er die alte Dame, die sich mit einem breiten Grinsen für seine Anerkennung bedankte.

„Gab es noch andere Fundstücke im Behandlungszimmer?", bohrte Gertrude neugierig nach.

„Nein, nichts von Belang", erwiderte Hector etwas nachdenklich. War da nicht noch etwas mit einer Statue? Ach, das war sicherlich nicht wichtig, damit wischte er die Erinnerung schnell beiseite.

***

Einzig die Designerleuchte erhellte den Schreibtisch von Dr. Reinhard. Frau Tschenke hatte schon vor einer Stunde die Praxis verlassen. Alleine und halb im Schatten saß der Arzt vor seinem aufgeräumten Schreibtisch und ließ den vergangenen Arbeitstag Revue passieren. Eigentlich ein ganz normaler Tag, wenn nicht die Mutter von Herrn Ostleben einen Schwächeanfall gehabt hätte. Nur ihre Vitalwerte passten nicht zu dem Vorfall, fiel ihm als versierten

Diagnostiker auf. Unmut machte sich in seinem Gehirn breit. Und was, wenn Ostleben doch etwas von Yvonnes Tod mitbekommen hatte? Er schüttelte langsam den Kopf.

Am besten wäre es, Ostleben würde aus seinem Leben verschwinden, versuchte Dr. Reinhard seine aufkommende Nervosität zu besänftigen. Aber Mord kam nicht infrage!

9. Kapitel

Nachdem die Vermisstenanzeige der verschwundenen Yvonne Rechenbach bereits zum dritten Mal in der regionalen Presse erschienen und keine wertvollen Rückmeldungen eingegangen waren, entschied Hauptkommissar Danner, den Fall ad acta zu legen und die kleine Soko aufzulösen.

„Ich halte das für einen Fehler, Herr Danner", beschwerte sich Kommissarin Prechtlin bei ihrem Vorgesetzten eindringlich.

„Sie wissen doch selbst, dass wir keinerlei Hinweise auf ein Verbrechen haben. Laut Statistik tauchen Vermisste – tot oder lebendig – entweder nach wenigen Tagen oder Wochen auf oder bleiben ewig verschwunden. Hausdurchsuchungen hat uns die Staatsanwaltschaft wegen fehlender Hinweise verwehrt. Seit Wochen treten wir auf der Stelle und ich kann ein ‚Weiter so' nicht mehr rechtfertigen", wehrte Danner die Beschwerde seiner Kollegin ab. Dass das Küken immer schlauer sein will als die Henne oder besser der Hahn, fiel ihm in diesem Zusammenhang ein.

„Einen Vorschlag hätte ich noch", versuchte Rebecca Prechtlin ihn von der vorzeitigen Schließung der Akte abzubringen. „Folgendes habe ich mir überlegt: Zusammen mit der Freundin von Yvonne Reichenbach, Frau Monika Tschenke, versuche ich herauszufinden, welche Kleidungsstücke im Kleiderschrank der Vermissten fehlen. Als Freundin und Kollegin weiß sie am besten, welche Röcke, Blusen, Hosen und Jacken Yvonne Rechenbach in der Vergangenheit trug. Anschließend suche ich im Internet nach passenden Bildern der Kleidungsstücke. Damit klappere ich die Secondhand-Läden in der Umgebung ab und durchforste das Internet, ob jemand hier die Kleidung anbietet. Falls sie einem Gewaltverbrechen erlegen ist, tauchen vielleicht einige ihrer Kleidungsstücke wieder auf." Mit einem flehenden Blick schaute sie in Richtung ihres Chefs.

Dieter Danner fasste sich an die Nase, ein Reflex, der anzeigte, dass er interessiert schien. „Einverstanden, aber das ist die letzte Aktion in dem Fall." Er nickte der jungen Kommissarin zu. Eine gute Idee! Das hätte von ihm sein können. Manchmal ist das Küken halt doch schlau, stellte er fest, schwieg aber dazu.

„Falls Sie Glück haben und Sie finden etwas, dann können wir auch weiterermitteln", stimmte er folgerichtig zu.

***

Bereits Mitte Januar bemerkte Hector, dass sich der Sonnenuntergang um eine Viertelstunde nach hinten verschob. In seinen Augen ein erstes positives Zeichen, um die Welt wieder fröhlicher wahrzunehmen. Die Winterzeit war nicht sein Ding, auch gerade jetzt nicht, wo es fast keinen Tag gab, an dem er nicht an seine tückische Krankheit dachte. Mittlerweile hatte er die Dosis der verschriebenen Tabletten erhöht, wodurch er in letzter Zeit keine Ausfälle mehr gehabt hatte. Allerdings quälten ihn nun die Nebenwirkungen: innere Unruhe und Schlafstörungen.

Er versuchte sich darauf einzustellen, und bearbeitete nachts die Versicherungsfälle im Homeoffice oder beschattete Dr. Reinhard, sobald der seine Praxis verließ.

In der Regel fuhr der Arzt direkt nach Hause, manchmal machte er aber noch einige Besorgungen in der Stadt. Abends verließ er selten sein Anwesen, sodass Hector bereits früh wieder seine Wohnungstür aufschloss. Sobald seine Nachbarin ihn hörte, klingelte sie umgehend an seiner Tür, in der Hoffnung, dass ihr Hector von einer wirklichen Neuigkeit berichten könnte.

„Nein, keine Besonderheiten. Dr. Reinhard ist unauffällig wie ein unbeschriebenes Blatt Papier", war seine stereotype Antwort, wenn er in die fragenden Augen der alten Dame schaute.

Gertrude begann zwischenzeitlich über den Neurologen ein umfangreiches Dossier anzulegen, indem sie Artikel über seine Person im Internet aufspürte. Unter Vorspiegelung falscher Tatsachen und einer fingierten Identität ihrer Person bekam sie auch einige interessante Hinweise von der Medizinischen Fakultät der Universität in Hamburg, der Ärztekammer und einigen öffentlichen Stellen zugespielt. So fand die alte Dame heraus, dass der Neurologe während seiner Studienzeit und seines praktischen Jahres Verbindungen zu der Universidad de Buenos Aires gepflegt und die argentinische Hauptstadt des Öfteren besucht hatte. Notwendige Forschungsgelder für seine Arbeit spendete eine argentinische Privatperson. Als Gertrude versuchte, den Namen zu erfragen, stieß sie auf eine Wand des Schweigens, oder man schob den Datenschutz vor.

Einige Tage nach seinem Arztbesuch erhielt Hector wie versprochen eine kurzfristige Terminzusage für die MRT-Untersuchung bei Dr. Günther. Ohne ausreichenden Schlaf und mit mulmigem Gefühl betrat er die Praxis des Spezialisten. Nach der Aufnahme seiner Personalien am Empfang begleitete ihn eine MTA zu einer kleinen Umkleidekabine und forderte ihn auf, seinen Oberkörper freizumachen und Schuhe und Strümpfe auszuziehen. Anschließend erklärte ihm die Assistentin fürsorglich das weitere Prozedere, und dass die bei der Untersuchung auftretenden Geräusche ausschließlich gerätespezifisch seien und ihn nicht erschrecken sollten.

„Wenn wir Sie mit dem Kopf und dem Oberkörper in den Ring hineinfahren, schließen Sie am besten Ihre Augen und denken an etwas Schönes, vielleicht den letzten Urlaub. Die Untersuchung dauert ungefähr zwanzig Minuten und ist vollkommen harmlos", beruhigte sie ihn.

Hector fröstelte, als er sich mit seinem nackten Oberkörper auf die mit einem Papierlaken abgedeckte schmale Pritsche des MRT-Gerätes legte. Bevor es losging, gab ihm die junge Frau noch einen elektrischen Drücker in die Hand, für den Fall, dass es ihm während der Untersuchung nicht gut ginge und er dringend Hilfe benötige. Dann würde die Assistentin den Scan sofort abbrechen.

In den kommenden Minuten schaffte es Hector nicht, abzuschalten, das knatternde Geräusch des Kernspin war einfach zu laut und zu intensiv. Im Gegenteil, er fühlte sich ausgeliefert, erniedrigt und einsam. Einzig der Gedanke an Charlotte vermittelte ihm ein Stück Geborgenheit und Wärme. Ob er sie je wieder in seine Arme schließen und sie mit jeder Faser seines Körpers spüren würde? Oder würde er sich bald nicht einmal mehr an sie erinnern? Fragen, die keine Antworten fanden und ihn sicher noch eine ganze Zeit lang begleiten würden.

Nach der Untersuchung zog sich Hector in der kleinen Kabine wieder an und nahm in dem fast leeren Wartezimmer Platz.

Sorgenvoll blickte er auf das bevorstehende Gespräch mit dem Radiologen. Wenige Minuten später betrat er das Behandlungszimmer. Dr. Günther saß hinter einem alten Schreibtisch aus der Gründerzeit, der erhellt wurde von einer kleinen schwarzen Schreibtischleuchte. Ein halbes Dutzend Patientenakten lagen verstreut auf seinem Schreibtisch, daneben aufgeschlagene Bücher, in denen allerlei bunte Streifen steckten. Ein System konnte Hector nicht erkennen.

Weiße Haare, ein weißer Bart und eine braune runde Hornbrille verliehen dem Arzt eine Seriosität gepaart mit Ernsthaftigkeit.

Der Radiologe begrüßte Hector, ohne ihm eine Hand zu geben, und bat ihn, Platz zu nehmen. Sein Blick war auf den alten beigefarbenen Monitor seines Computers fokussiert. Hier klickte er mit der viel zu großen Maus durch einige MRT-Aufnahmen, die das Innenleben des Kopfes seines Patienten zeigten. Bisweilen neigte er seinen Kopf oder suchte mit leicht zusammengekniffenen Augen nach Details auf den Bildern.

Sekunden vergingen. Hector war schon im Begriff, sich leise zu räuspern, um sich bei seinem Gegenüber in Erinnerung zu rufen, als der sich, eine knappe Entschuldigung murmelnd, ihm zuwandte.

„Die Entscheidung, Sie so früh zu mir zu schicken, war richtig", begann er seine Diagnose. „Einen verschleppten Herzinfarkt oder einen Tumor kann ich mit Sicherheit ausschließen. Dagegen sehe ich auf den Aufnahmen leichte weiße Felder, eine sogenannte Leukoaraiose. Das spricht für eine vaskuläre Demenz. Gott sei Dank im Frühstadium. Im Telefongespräch erwähnte Dr. Reinhard ihre Sprachschwierigkeiten. Mit großer Wahrscheinlichkeit sind die betroffenen Hirnregionen hierbei mit der Auslöser."

Der Arzt zeigte auf die MRT-Aufnahmen auf seinem Monitor, die Hector nicht sehen konnte.

„Wobei eine vorausgegangene Stresssituation die Wirkung noch verstärken kann", fuhr der Mediziner fort. „Aber für die Diagnose ist Dr. Reinhard zuständig. Ich kann Ihnen hier nur kurz ausführen, was ich auf meinen Aufnahmen sehe. Alle Details schreibe ich in meinen Bericht, den ich die Woche noch an ihn schicken werde. Haben Sie noch Fragen?", schloss er seine Ausführungen ab, während er seinen Blick auf sein Gegenüber richtete.

Eine kleine Pause entstand. Hector forschte händeringend nach einer Frage in seinem aufgewühlten Inneren.

„Wie weit ist denn die Demenz fortgeschritten und wie lange kann ich damit ohne Beeinträchtigungen weiterleben?", konnte er doch noch eine Frage formulieren.

Dr. Günther nahm seine Brille ab und antwortete wahrheitsgemäß: „Diese Frage wird Ihnen besser Dr. Reinhard, ihr behandelnder Arzt, beantworten. Aber meiner Erfahrung nach helfen neben der Medikation in erster Linie eine adäquate Lebensführung mit gesunder Ernährung, viel Bewegung, vielfältige soziale Kontakte und die richtige Lebenseinstellung, den Fortschritt der Krankheit zu verlangsamen oder sogar einzudämmen. Nehmen Sie am Leben teil, gehen Sie arbeiten und verstecken Sie sich nicht", sprach der Arzt ihm Mut und Hoffnung zu. „Sind Sie verheiratet?" Der Arzt schaute Hector mit hochgezogenen Augenbrauen an.

„Verheiratet ja, aber momentan lebe ich alleine", entgegnete er leicht verwirrt und blickte den Arzt vielsagend an.

„Mit der Antwort habe ich beinahe gerechnet. Fast die Hälfte der von der Krankheit mitbetroffenen Ehepartner reagiert ablehnend. Man will nicht mitansehen und miterleben, wie der geliebte Mensch seine Erinnerungen und damit seine Persönlichkeit Stück für Stück verliert. Reden Sie mit Ihrer Frau und machen Sie ihr klar, dass sie selbst dazu beitragen kann, dass sich die Demenz nicht weiter ausbreitet. Am besten machen Sie ruhig auch einmal etwas Außergewöhnliches und zeigen ihr dadurch, dass Sie noch mitten im Leben stehen."

Die letzten Sätze wirkten in Hectors Kopf noch den ganzen Tag nach und bestärkten ihn, den Vermisstenfall von Yvonne Rechenbach aufzuklären.

***

„Michael, da ist ein Brief für dich gekommen, ohne Absender. Ich habe ihn dir auf die Kommode neben der Garderobe gelegt", rief ihm seine Frau aus dem Wohnzimmer zu, als Dr. Reinhard die Haustür aufschloss und den großen Flur betrat.

„Ja, danke, ich habe ihn schon gesehen", antwortete er ihr knapp, während er seinen Mantel auszog und die Autoschlüssel an einer kleinen Metallleiste neben der Garderobe aufhing.

Im Inneren des neutralen, in Frankfurt abgestempelten Briefumschlags fand er nur einen weißen Zettel mit wenigen gedruckten Worten vor. *Treffpunkt: Mitte Eiserner Steg am kommenden Montag um 19.30 Uhr.*

Dr. Reinhard wusste sofort, dass es sich nur um eine Nachricht von Pedro de la Villas Mittelsmann handeln konnte. Bei dem Termin ging es bestimmt um den Plan für die Übergabe des hundert Kilogramm schweren Drogenpaketes. Schnell ließ er den Zettel in seiner Jackentasche verschwinden. Als seine Frau ihm mit ihrem leichten Rollstuhl entgegenkam, begrüßte er sie, wie so oft, mit einem Kuss auf die Stirn.

„Wer schreibt dir denn da so geheimnisvoll?", fragte sie ihn sofort.

Michael Reinhard hatte mit der Frage gerechnet, schließlich kannte er die Neugier seiner Frau seit über fünfundzwanzig Jahren.

„Nur der Steuerberater. Er benötigt zu einigen Belegen von meinem letzten Arztkongress noch einige Angaben", log er, wobei er den Briefumschlag offen in der Hand hielt.

An Details war seine Frau nicht interessiert, war er sich sicher.

***

„Heute begleite ich dich mal wieder, wenn du den Arzt observierst. Ich habe eine Thermoskanne mit Tee gemacht. Selbstgebackene Plätzchen von Weihnachten sind auch noch übrig", begrüßte Gertrude ihren Nachbarn, der gerade im Begriff war, seine Wohnungstür hinter sich abzuschließen.

„Dann aber mal hopp, hopp, hopp", reagierte Hector heiter auf die Ankündigung seiner Nachbarin.

Schnell streifte sich die alte Dame ihren schwarzen gefütterten Trenchcoat über, setzte den passenden Regenhut auf und eilte Hector mit einem kleinen Korb, in dem sich die Thermoskanne und die Dose mit den Weihnachtsplätzchen befanden, hinterher.

„Du bist heute so gut gelaunt. Gibt es etwas zu feiern?", wollte sie wissen, als sie sich neben ihn auf den durchgesessenen Beifahrersitz seines alten Golfs fallen ließ und Hector gleich darauf den Wagen startete.

Während der Fahrt zur Praxis des Neurologen berichtete er von seinem Termin bei dem Radiologen und der hoffnungsvollen Diagnose trotz des eindeutigen Krankheitsbildes. Gertrude nickte zustimmend, als er auch noch einmal den Rat des

Mediziners zum Abschluss seiner Konsultation wiederholte.

„Der hat es aber heute eilig", bemerkte Gertrude, als Dr. Reinhard bereits am späten Nachmittag seine Praxis verließ. „Vielleicht hat er ja später noch einen Termin", fuhr sie aufgeregt fort.

Hector parkte den Wagen unweit der Villa des Neurologen so, dass er ihn, sollte er sein Zuhause verlassen, ohne wenden zu müssen, verfolgen konnte. Kaum hatten sich die beiden einen heißen Tee eingeschenkt und auf einen längeren Abend eingestellt, öffnete sich das metallene Tor des im Blickfeld liegenden Zuhauses von Dr. Reinhard, und wenige Sekunden später nahm der unscheinbare Golf, wie gewohnt, die Verfolgung auf.

„Errätst du, wohin der will?", fragte Gertrude Hector neugierig.

„Sieht nach der Frankfurter Innenstadt aus", folgerte er verwundert, da sie den Arzt bis jetzt noch niemals nach Mainhattan begleitet hatten. Mittlerweile fuhren sie am Mainkai entlang, als der Verfolgte plötzlich mit seinem Wagen rechts ran fuhr, parkte und sein Auto zügig in Richtung des Mains verließ. Überrascht von dem plötzlichen Halt des Arztes, nutzte Hector hastig die nächste Parkmöglichkeit. Adrenalin geschwängert, eilte er Dr. Reinhard in Richtung des Eisernen Stegs hinterher, während Gertrude Mühe hatte, ihm zu folgen. Das bekannte Wahrzeichen des Mains, mit den Abertausenden bunten Schlössern am Geländer, spannte sich indirekt beleuchtet an dem kalten und diesigen Abend über den träge fließenden Fluss. Ein wenig erinnerte der Ort Hector an eine im Nebel liegende Londoner Fußgängerbrücke aus einem Edgar-Wallace-Film aus den Sechzigern. Kurz bevor die beiden die schmale Brücke erreichten, bremste Hector seinen zügigen Gang ab und blieb stehen.

„Nicht weiter", forderte er seine Begleiterin in konspirativem Ton leise auf. „Da schau, er trifft sich mit jemandem auf der Brücke."

Obwohl der Eiserne Steg nicht vollständig ausgeleuchtet war, sahen die beiden Verfolger, wie sich der Arzt in der Mitte der Brücke mit einem groß gewachsenen Mann in dunkelgrünem Dufflecoat und mit blauem Schal angeregt unterhielt. Hatten sich die beiden nur zufällig getroffen?

Geistesgegenwärtig zückte Hector sein Handy und fotografierte unauffällig ohne Blitzlicht die geheimnisvolle Szene, als sich plötzlich seine Begleiterin kommentarlos von ihm löste und in Richtung der beiden Männer marschierte. Er wollte Gertrude noch zurückhalten, doch sie ließ sich nicht beirren. Kurz bevor die alte Dame den Arzt mit seinem Gegenüber erreichte, verlangsamte sie ihre

Schrittgeschwindigkeit, schlug ihren Mantelkragen hoch und zog sich ihren schwarzen Regenhut tief ins Gesicht. Dr. Reinhard durfte sie auf keinen Fall erkennen, schließlich war sie ihm bereits als Mutter von Hector Ostleben in seiner Praxis begegnet. Er erinnerte sich sicherlich an ihre Scharade von vor einigen Tagen.

Mit langsamen Schritten passierte Gertrude die beiden Männer, wobei sie versuchte, sich auf jedes Wort zu konzentrieren, das sie aufschnappen konnte.

„… kein Name … März … Paket … meld …" Das anschließende Gemurmel ging im Gesprächslärm zweier junger Männer, die an ihr vorbeieilten, unter. Mit dem nächsten Wimpernschlag war sie auch schon außerhalb der Hörweite des weiteren Gesprächs. Umkehren konnte sie zum jetzigen Zeitpunkt nicht. Deshalb entschloss sie sich, die Brücke bis zum Ende zu gehen und dort erst einmal abzuwarten.

Kaum hatte sie die andere Mainseite erreicht, hörte sie auch schon hinter sich schwere Männerschritte zügig näher kommen. War sie aufgeflogen, und müsste sich bei dem Arzt mit einer eilig vorgetragenen Lüge zu erkennen geben? Gertrudes Herz raste in nie dagewesener Geschwindigkeit. Jetzt nur nicht klein beigeben, machte sie sich Mut, als sie die schweren Schritte überholten und sich schnell von ihr fortbewegten. Um nicht erkannt zu werden, zog sie ihren Kopf wie eine Schildkröte in ihren Mantelkragen ein und wartete ab, bis sich die Schrittgeräusche von ihr entfernten. Als sie wieder aufblickte, erkannte sie in einigem Abstand einen dunkelgrünen Dufflecoat in der Dunkelheit verschwinden. Das war doch der Gesprächspartner des Arztes, kombinierte sie. Ohne zu zögern, beeilte sie sich, die Verfolgung des Unbekannten aufzunehmen.

Vom anderen Ende der Fußgängerbrücke verfolgte Hector die gespenstige und aufregende Szene. Seine Beine waren wie gelähmt und er befürchtete, dass sein Gehirn ihm wieder einmal einen Strich durch die Rechnung machen würde.

„Langsam ein- und ausatmen, ganz ruhig bleiben und an etwas Positives denken", sprach er sich leise Zuversicht zu. Nach einigen Atemzügen spürte er, wie sich sein Körper entspannte und endlich wieder Wärme in seine tauben Gliedmaßen aufstieg.

Noch bevor Dr. Reinhard von der Brücke zurückkehrte und ihn möglicherweise entdeckte, eilte er zu seinem Wagen. Nur, wo war Gertrude abgeblieben?, fragte er sich. Undeutlich hatte er wahrgenommen, dass seine Partnerin sich in die entgegengesetzte Richtung des Eisernen Stegs aufgemacht hatte. Wie es schien, nahm sie die Verfolgung des unbekannten Mannes auf, mit dem sich Dr. Reinhard vor einigen Minuten unterhalten hatte. Es war offensichtlich, dass es sich hierbei um ein Treffen handelte. Ort und Zeitpunkt waren mehr als ungewöhnlich, folgerte Hector in seinem Wagen, auf Gertrude wartend.

10. Kapitel

„Sie sollten sich nur auf ungewöhnliche Kleidungsstücke, die fehlen, konzentrieren", forderte die Kommissarin Monika Tschenke auf, nachdem die beiden Frauen sowohl den großen Kleiderschrank mit den Spiegeln an den Türen als auch eine rote Kommode geöffnet hatten. „Welche Kleidungsstücke vermissen Sie, die ungewöhnlich oder teuer waren, die Frau Rechenbach gerne beim Shoppen oder bei Events trug? Am besten wären natürlich Designerklamotten, die es nicht häufig gibt", versuchte die junge Polizistin Yvonnes Freundin bei ihrer Suche zu sensibilisieren.

Nach zwei Stunden intensiven Stöberns auf den einschlägigen Internetseiten konnte Yvonnes Freundin der Kommissarin Kleidungsstücke zeigen, die denen von Yvonne entsprachen und die sie mit großer Wahrscheinlichkeit in ihren Koffer gepackt hatte. Darunter befanden sich eine schwarze Lederjacke von BELSTAFF, eine angesagte Blue Jeans von MOTHER, ein schmaler weißer Ledergürtel von Michael Kors, ein Paar bunte Retro-Sneaker von Gucci und ein gerade geschnittenes hellblaues Sommerkleid von Marc Cain.

„Trug sie auch Schmuck?", wollte die Kommissarin wissen. „Nein, ihrer Meinung nach lenkte Schmuck vom Wesentlichen einer Frau ab. Aber auf anständiges Reisegepäck legte sie viel Wert."

Frau Tschenke hatte bereits bei ihrem ersten Besuch von Yvonnes Wohnung festgestellt, dass ein mittelgroßer blauer Koffer mit Lederapplikationen von Brics fehlte, mit dem Yvonne so gerne verreiste. Den identischen Koffer mit einer Produktbeschreibung fand die Kommissarin durch die Informationen von Frau Tschenke jetzt im Internet. Die dazugehörigen Bilder und Daten kopierte sie auf den Stick, auf dem sie bereits die zuvor gefundenen Bilder gespeichert hatte. Mit den Daten konnte sie jetzt auf die Suche gehen.

„Ich hoffe, das ganze Drama löst sich bald in Luft auf", kommentierte die Arbeitskollegin und Freundin von Yvonne Rechenbach die Kleidersuche. „Jetzt ist Yvonne schon über sechs Wochen verschwunden. So lange war sie noch nie weg. Sie wird viel zu erklären haben, wenn sie wieder auftaucht."

Die junge Polizistin pflichtete ihr bei, wobei ihr Gesichtsausdruck etwas anderes verriet. Für sie wies alles auf ein Gewaltverbrechen hin. Wir werden Yvonne Rechenbach finden und auch ihren Mörder, war sie sich in ihrem Innersten ganz sicher. In dem Augenblick klingelte ihr Handy und ein *DD* für Dieter Danner erschien auf ihrem Display. Um ungestört telefonieren zu können, verließ sie das Schlafzimmer, in dem die Freundin der Vermissten anfing, die aus dem Kleiderschrank herausgenommenen Kleidungsstücke wieder akkurat auf Bügeln im Schrank aufzuhängen, so als würde ihre Freundin in den nächsten Minuten mit einem Lächeln auf dem Gesicht die Wohnung betreten.

„Ja, ich habe verstanden. Dann bringe ich Frau Tschenke nach Hause und komme anschließend zum Flughafen. Sind die Jungs von der SpuSi schon unterwegs? Okay, bis gleich." Die Ermittlerin beendete das Telefonat.

Am späteren Nachmittag bog sie auf den großen Parkplatz am Frankfurter Flughafen ein. Bereits von Weitem erblickte sie das in der Dämmerung flatternde rot-weiß gestreifte Absperrband, das ihr den Weg wies.

Durch das vorausgegangene Telefonat mit ihrem Chef wusste sie, dass das Auto der Vermissten gefunden worden war.

Die junge Kommissarin parkte ihren Wagen und näherte sich dem Platz, auf dem ein weißer Ford Fiesta stand. Rostige Stellen an den unteren Türkanten wiesen auf ein älteres Baujahr hin.

Die Kollegen der Spurensicherung mit ihren weißen Schutzanzügen waren schon dabei, das Auto und die benachbarten Parkplätze und Fahrzeuge zu fotografieren.

Bei Yvonne Rechenbachs Fahrzeug waren die beiden Türen sowie die Hecklappe als auch die Motorhaube geöffnet. Kriminaltechniker nahmen dort Fingerabdrücke ab und untersuchten den Fahrzeugboden im Inneren und im Kofferraum nach liegengebliebenen Rückständen und Hinweisen. Die im Fahrzeug befindlichen Gegenstände wurden vorsichtig in große Plastiktüten verpackt und im Fahrzeug der Kollegen verstaut.

Kommissarin Prechtlin stellte sich neben Dieter Danner, der das ganze Schauspiel aus einigen Metern Entfernung beobachtete.

„Irgendwelche Spuren?", fragte sie interessiert nach.

„Nein, bis jetzt nichts, was auf ein Verbrechen hinweist. Die Kollegen machen aber ohnehin gleich Schluss und nehmen das Fahrzeug mit ins KTI nach Frankfurt. Es wird langsam dunkel. Dort werden sie jeden Quadratmillimeter genauestens untersuchen. Den Bericht bekommen wir übermorgen", brachte er seine Kollegin auf den neuesten Stand. „Und Sie, waren Sie erfolgreich mit der Durchsicht von Frau Rechenbachs Kleiderschrank?"

„Ja, Frau Tschenke konnte einige auffällige Kleidungsstücke und auch einen außergewöhnlichen Koffer identifizieren, die fehlen. Alles hierauf gespeichert", informierte sie ihren Chef, wobei sie gleichzeitig den kleinen silbernen Datenträger vor ihm in die Luft hielt.

„Morgen werde ich dann die Kleinanzeigen im Internet durchforsten und die nahegelegenen Secondhand-Läden abklappern. Vielleicht habe ich ja Glück."

Dieter Danner hielt von der Aktion nicht viel. Sie war nicht auf seinem Mist gewachsen, dachte er sich, während er nichtssagend nickte und den mittlerweile von großen Baustrahlern erleuchteten Parkplatz in Richtung seines alten grünen Citroens verließ.

***

Hector saß jetzt schon eine Ewigkeit in seinem Wagen und wartete auf seine Nachbarin. Mit dem heißen Tee aus der Thermoskanne, Gertrudes übrig gebliebenen Weihnachtsplätzchen und Musik aus dem Autoradio konnte er seine Nervosität einigermaßen in Schach halten. Gelegentlich startete er den Motor, um die angelaufenen Scheiben wieder freizubekommen. Was, wenn ihr etwas passiert war, fing er an, sich langsam Sorgen zu machen. Das würde er sich niemals verzeihen! Gerade als er beschloss, die Polizei zu verständigen, riss jemand die Beifahrertür auf und steckte seinen Kopf in das Wageninnere.

„Na, hast du mich schon vermisst?", fragte Gertrude grinsend den verdutzt dreinschauenden Hector.

Nach einer Schrecksekunde fand dieser seine Stimme wieder: „Und ob, ich dachte bereits an das Schlimmste. Aber Gott sei Dank ist dir nichts passiert. Wo warst du nur so lange?"

In den folgenden Minuten berichtete die alte Dame von der Verfolgung des Mannes, der sich mit Dr. Reinhard getroffen hatte. Sie ließ fast keinen Meter ihrer nächtlichen Jagd hinter dem Unbekannten aus. An jeder Ecke war sie stehengeblieben und hatte sich vergewissert, dass sie nicht ihrerseits von Dr. Reinhard verfolgt wurde, weil er sie möglicherweise auf der Brücke erkannt hatte, erzählte sie in verschwörerischem Ton Hector, der mit großen Augen und offenem Mund jedem ihrer Worte folgte.

Von jeder noch so unwichtigen Sache während ihrer nächtlichen Beschattung erzählte sie Hector, dessen Neugier hinsichtlich eines erfolgreichen Endes von Minute zu Minute anschwoll.

„Leider habe ich ihn dann aber verloren", beendete sie resigniert mit leiser Stimme ihre so verheißungsvoll begonnene Verfolgung.

Mit den letzten Worten der alten Dame sackte Hector auf seinem Fahrersitz sichtlich in sich zusammen.

„Wo hast du ihn denn verloren? Hast du dir wenigstens die Straße gemerkt?" Er wollte nicht aufgeben, obwohl er wenig Hoffnung mit der Frage verband.

„Ja, natürlich! Als gute Detektivin muss man sich jedes Detail merken", antwortete sie selbstbewusst. „Das war am Ende der Schifferstraße. Da ist er dann in die Dreieichstraße abgebogen. Als ich die dann erreichte, war er wie vom Erdboden verschluckt."

Für einen langen Moment wurde es still im Fahrzeuginneren.

Gertrude durchbrach das lange Schweigen: „Habe ich etwas Falsches gesagt?"

„Nein, aber aus irgendeinem Grund kommt mir die Straße bekannt vor."

„Welche Straße meinst du denn?"

„Die Dreieichstraße", antwortete Hector grüblerisch. „Etwas hat es mit der Straße auf sich, aber ich weiß nicht, was." Er klopfte sich mit dem Handballen seiner rechten Hand auf die Schläfe, so als würden die leichten Schläge seinem Erinnerungsvermögen auf die Sprünge helfen.

Während der Rückfahrt erzählt Gertrude fast beiläufig von den Gesprächsfetzen, die sie auf der Brücke aufgeschnappt hatte:

„… kein Name … März … Paket … meld …"

Zu Hause angekommen, duschte sich Hector ausgiebig. Die lange Warterei in dem kalten Auto hatten sowohl seinen Körper als auch seine Sinne spürbar abgekühlt. Anschließend zog er eine gefütterte Jeans und einen dicken Wollpullover an. Jetzt fühlte er sich gleich besser. Dann vermerkte er in seinem Notizbuch die Erkenntnis des heutigen Tages. Insbesondere Gertrudes Informationen fanden darin ihren Platz.

Das Wort „Dreieichstraße" unterstrich er dabei zweimal.

***

Endlich ist es so weit, jubilierte Dr. Reinhard innerlich, als er seinen Wagen bestieg und sich in zügiger Fahrt vom Zentrum der Mainmetropole in Richtung Bad Homburg entfernte.

Der Mittelsmann von Pedro hatte seinen Namen nicht preisgegeben, aber Ort und Zeitpunkt der Übergabe des Drogenpaketes genannt. Eine Woche vorher musste er dann nach Genf fliegen, um das Geld an seinen argentinischen Geschäftspartner zu überweisen. Klar, er hätte das auch telefonisch veranlassen können, aber vor Ort erschien es ihm sicherer. Bei seinem letzten Besuch in Genf war ihm Yvonne wie so oft gefolgt und sie verlebten liebestolle Nächte. Dieses Mal würde er alleine die Nacht im Hotel verbringen müssen, wischte er seine melancholischen Erinnerungen beiseite und steuerte den Wagen in die Einfahrt seines Grundstücks.

Einzig die Geschichte mit seinem Patienten Hector Ostleben ging ihm bereits seit einiger Zeit nicht mehr aus dem Kopf. Vor einigen Tagen lagen die MRT-Aufnahmen und das Untersuchungsergebnis von Dr. Günther in der Post. Auch der Spezialist sprach in seinem medizinischen Dossier von einer Demenz im Frühstadium bei seinem Patienten.

Wenn ihm jemand gefährlich werden könnte, dann Ostleben, kam es ihm erneut in den Sinn. Bisher hatte er ihm nur Antidementiva-Tabletten verschrieben. Dr. Günther empfahl in seinem Bericht dringend, mit einer Neuroleptika-Medikation zu beginnen, um gezielter auf die Sprachaussetzer und die leichten epileptischen Anfälle des Patienten einzugehen.

Vielleicht wäre es ja für ihn hilfreich, Ostleben mit Placebos zu versorgen, dann erledigte sich sein Problem über die Zeit von ganz alleine, zeichnete sich ein perfider Plan in Dr. Reinhards Gedanken ab.

Viel Zeit blieb ihm allerdings nicht mehr. In zwei Monaten würde er im Besitz der hundert Kilogramm Kokain sein und dann sollte sich das Problem Hector Ostleben erledigt haben, schlussfolgerte er scharfsinnig, während er die Haustür aufschloss und ihm die wohlige Wärme des Hauses den kalten Januar schnell vergessen ließ.

***

„Guten Morgen, Herr Ostleben, hier spricht Frau Tschenke von der Neurologischen Praxis Dr. Reinhard. Der Doktor würde gerne mit Ihnen die Ergebnisse der MRT-Untersuchung bei Herrn Dr. Günther besprechen. Hätten Sie übermorgen um 15.00 Uhr Zeit?", drang die freundliche Stimme an Hectors Ohr, nachdem er den eingehenden Anruf auf seinem Handy in Empfang genommen hatte. Kurz musste er überlegen, ob sich der Terminvorschlag mit einem anderen überschnitt, bevor er zusagte, und sich bei der Sprechstundenhilfe am anderen Ende der Verbindung bedankte und verabschiedete. Gut, dass er den Termin hatte, sein Tablettenvorrat neigte sich langsam dem Ende zu. Vom Arzt würde er sich nochmals einige Packungen Tabletten verschreiben lassen, dann war er für die nächsten Wochen abgesichert, beschloss er, als er sich den Termin auf einem großen Zettel, der an der Garderobe hing, aufschrieb. Hier vermerkte er alle wichtigen Termine für die Woche. Den Tipp hatte ihm Gertrude gegeben. In der Vergangenheit hatte er einige Verabredungen mit ihr vergessen. Auch einige Möbellieferanten standen schon vor verschlossener Tür. In weiser Voraussicht und für den Fall, dass er wieder einmal eine Kurzschlusshandlung begehen würde, hatte ihr Hector den Ersatzschlüssel der Wohnungstür an Heiligabend übergeben.

Um auf Nummer sicher zu gehen, kontrollierte er seinen Tablettenvorrat in dem kleinen Spiegelschrank über dem Waschbecken, an dem ein gelber Zettel hing: jeweils drei Tabletten morgens und abends. Er fand noch eine volle Packung. Die würde noch für zwei Wochen, hatte er mühsam die Reichweite der vorhandenen Tabletten errechnet.

***

Dieter Danner warf den Schnellhefter mit dem Bericht der KTU über Yvonne Rechenbachs Ford auf den Schreibtisch seiner Kollegin. „Hier ist der Untersuchungsbericht der Spurensicherung", schob er missmutig hinterher.

Neugierig nahm die Kommissarin den Bericht auf und blätterte zügig die nur wenige Seiten umfassenden Ergebnisse der Kollegen durch.

„Im ganzen Wagen sind nur ihre eigenen Fingerabdrücke und Haare. Kein Blut oder anderes Gewebe, und wenn ist es mehr als drei Monate alt. Es finden sich auch keine Spuren, die auf ein Verbrechen schließen lassen", fasste sie mit ihren eigenen Worten den Inhalt des Berichts resigniert zusammen.

„Entweder haben wir es hier mit einem gerissenen Verbrecher zu tun, oder aber Frau Rechenbach hat wirklich ihren Wagen am Flughafen abgestellt und sich aus dem Staub gemacht", resümierte Hauptkommissar Danner seine Sicht der Dinge.

„Wir kommen einfach nicht weiter. Auch mit Ihrer Kleidersuche haben wir momentan kein Glück", fuhr er kopfschüttelnd fort.

„Aber welchen Sinn soll es haben, seinen Wagen am Flughafen zu parken und nicht von dort mit dem Flugzeug in den Urlaub zu fliegen?", versuchte Frau Prechtlin das Feuer ihres ersten großen Falls am Lodern zu halten.

„Vielleicht ist sie ja in ein anderes Auto gestiegen oder aber hat sich dort mit jemandem getroffen, der sie mitnahm", entgegnete ihr Gegenüber logisch.

„Ja, das könnte auch eine Möglichkeit sein, aber meiner Meinung nach, stimmt hier etwas nicht. Das fühle ich."

„Fühlen bringt uns nicht weiter. Wir benötigen belastbare Aussagen oder wenigstens plausible Indizien. Sofern wir bis nächste Woche nichts in der Hand haben, müssen wir die Akte schließen", beendete der Kommissar ein wenig zu harsch die Konversation.

***

Wieder saß Hector Dr. Reinhard im Behandlungszimmer 2 gegenüber und wieder überkam ihn ein leichtes Unwohlsein.

Er fühlte, dass hier ein Mord passiert und dass die Assistentin, an die er sich nicht mehr im Detail erinnern konnte, dieser Tat zum Opfer gefallen war. Aber wie sollte er es beweisen? Ob er bei der heutigen Besprechung mit dem Neurologen auf neue Erkenntnisse stoßen würde? Wie durch einen Nebelvorhang hörte er die Stimme des Arztes langsam auf sich zukommen.

„… wie auch ich bereits diagnostiziert hatte. Mit den MRT-Aufnahmen wurden der Hypothalamus vermessen und die Atrophie in bestimmten Gehirnbereichen bestimmt. Das Ergebnis ist eindeutig. Einerseits müssen Sie lernen, damit umzugehen. Das heißt, viel Bewegung, gesundes

Essen, vielfältige soziale Kontakte, Ängste überwinden. Auf der anderen Seite verhindern Medikamente ein weiteres Fortschreiten der Krankheit. Ich gebe Ihnen heute ein neuartiges Neuroleptika mit, so wie es auch Dr. Günther in seinem Gutachten empfohlen hat."

Dabei deutete der Arzt mit seinem Finger auf eine Stelle in dem vorliegenden Bericht, die Hector nicht einsehen konnte.

„Nehmen Sie bitte morgens und abends zwei Tabletten mit ausreichend Flüssigkeit", beendete der Arzt seine Anweisung.

„Welche Nebenwirkungen erwarten mich dabei", wollte Hector wissen.

Eine ungute Pause entstand. „Kaum welche. Das Präparat ist seit einigen Tagen erst freigegeben. Ich hatte mir vorab einen kleinen Vorrat schicken lassen. Sie sehen, es gibt auch noch überhaupt keine Verpackung und keinerlei Beipackzettel." Dr. Reinhard schob ihm drei Blisterverpackungen mit insgesamt sechzig Tabletten über seinen Schreibtisch zu.

Hector Patient nahm die Tabletten sogleich an sich.

„Sie müssen die Medikation aber strikt einhalten. Sie verhindern die epileptischen Attacken und Ihre Sprachaussetzer", setzte der Arzt mit Nachdruck hinterher, wobei er sich gleichzeitig von seinem Stuhl erhob und Hector signalisierte, dass nunmehr die Zeit für weitere Fragen abgelaufen sei.

Hector wollte sich schon verabschieden, als sein Blick intuitiv auf die Bronzestatue hinter Dr. Reinhards Schreibtisch huschte. „Woher stammt eigentlich die kleine Figur dort drüben?"

Den Arzt schien die plötzliche Frage zu verwirren. „Die habe ich von einem Freund geschenkt bekommen, der mit Antiquitäten handelt", antwortete der wahrheitsgemäß. „Es ist der Aztekengott Tonatiuh, der Sonnengott. Ihm zu Ehren wurden viele Untergebene geopfert", fuhr er gedankenverloren fort.

11. Kapitel

Rebecca Prechtlin saß alleine im Büro, als das Telefon ihres Chefs klingelte. Es dauerte einige Sekunden, bevor sie sich entschloss, sich von ihrem Stuhl zu erheben und den Hörer abzunehmen.

„Ja, Apparat Danner, es spricht Kommissarin Prechtlin", begrüßte sie den Anrufer, hoffend, dass sich das kommende Gespräch schnell erledigen würde. Doch in den folgenden Minuten erreichte sie endlich die Meldung, auf die sie schon so lange gewartet hatte und die ihr fast die Sprache verschlug.

Der ungewöhnliche Koffer von Frau Rechenbach war aufgetaucht. Die Besitzerin eines Secondhand-Ladens war am anderen Ende der Leitung.

„Sind Sie noch dran?", fragte die Anruferin. Kurze Pause.

„Ja, ja, natürlich", antwortete die junge Kommissarin immer noch leicht konsterniert. „Ich komme gleich zu Ihnen und fassen Sie den Koffer bitte nicht mehr an. In einer halben Stunde bin ich da. Sie arbeiten in dem Geschäft in Bad Homburg, in der Nähe des Sportplatzes, richtig?"

Die Kommissarin notierte sich vorsichtshalber mit krakeliger Schrift noch einmal die genaue Adresse auf einem neben dem Telefon liegenden gelben Notizzettel, bevor sie das Gespräch beendete.

Mit zügigen Schritten, Jacke und Schal im Arm, verließ sie das Büro. Sie begegnete Dieter Danner auf dem Flur. Mit hastigen Worten informierte sie ihn in aller Kürze über den Kofferfund. „Ich werde den Koffer jetzt abholen und gleich bei der KTU abgeben."

„Und machen Sie den Kollegen Dampf. Wir benötigen den Bericht morgen", rief ihr Hauptkommissar Danner hinterher, während sie in Richtung des Ausgangs hastete.

Bereits ohne kriminaltechnische Untersuchung stellte sich schnell heraus, dass es sich bei dem Fundstück um den Koffer von Yvonne Rechenbach handelte, schließlich prangten auf den Kofferverschlüssen die goldenen Anfangsbuchstaben ihres Namens: *Y* und *R.*

Noch am selben Nachmittag wurde der Verkäufer des Koffers von der Kommissarin vernommen. Es handelte sich um einen Bediensteten eines privaten Recyclinghofes, südlich von Hanau gelegen. Er hatte den auffälligen Koffer gleich bemerkt, als nur wenige Meter von ihm ein Müllcontainer entleert wurde und er vom aufgetürmten Abfallhaufen herunterkullerte.

Es war zwar verboten, Gegenstände, die auf den Recyclinghof gelangten, zu verkaufen, aber manchmal machte der Chef eine Ausnahme, gab der Befragte zu Protokoll.

„Wissen Sie noch, woher der Container stammte?", wollte die Kommissarin wissen.

„Nein, so genau weiß ich das nicht. Aber ich kann mich daran erinnern, dass es ein Montagnachmittag war, und da kommen die Container vom Frankfurter Flughafen und der näheren Umgebung zu uns."

Noch am selben Tag verhaftete die Polizei in Leipzig den ehemaligen Freund von Yvonne Rechenbach.

„Ob wir den Richtigen haben?" Die junge Ermittlerin schaute Dieter Danner skeptisch an.

„Kann man bislang nicht wissen. Auf jeden Fall ist er verdächtig und hat ein Motiv, schließlich wurde er von der vermissten Frau Rechenbach Hals über Kopf verlassen. Das könnte ihm der Staatsanwalt als Eifersucht oder Hass auslegen. Ein Hahn sieht es nicht gerne, wenn ein Huhn seine Hennen-Schar verlässt", gab er wieder einmal einen Vergleich aus dem Tierreich zum Besten.

„Aber das ist nun schon über zwei Jahre her."

„Da haben Sie recht, aber nach der Aussage von Frau Tschenke, der Freundin, hatte sie immer noch Angst vor ihm. Deshalb ist sie ja von Leipzig so weit weggezogen. Lassen Sie ihn uns morgen vernehmen, dann wissen wir mehr. Ich bin einfach froh, dass wir überhaupt einen Anhaltspunkt haben. Anschließend nehmen wir uns noch einmal Herrn Ostleben vor."

***

„Guten Tag, hier spricht Hector Ostleben von der Versicherungsagentur Mühlhausen. Ich würde gerne mit Kommissar Ebert sprechen."

Hector hörte, wie die Sprechmuschel zugehalten wurde und der Angerufene sich im Hintergrund nach dem Kommissar erkundigte.

„Er ist leider nicht hier. Morgen früh ist er wieder im Büro. Kann ich Ihnen weiterhelfen?" Kurze Pause.

„Ich wollte nur wissen, ob der Fall *Dr.Reich* schon abgeschlossen ist. Wenn er das ist, würden wir nämlich regulieren."

In den folgenden Minuten erfuhr Hector, dass die Akte bereits vor zwei Wochen geschlossen worden war und sich sein Chef längst nach dem Stand der polizeilichen Ermittlungen erkundigt hatte.

„Ja, entschuldigen Sie, da bin ich wohl nicht informiert worden", log er seinen Gesprächspartner an und verabschiedete sich.

Nachdenklich durchblätterte er zum x-ten Male die Kopie der Akte *Dr. Reich*, in der Hoffnung, die berühmte Stecknadel im Heuhaufen zu finden. Alleine, dass sich sein Chef persönlich um den Fall gekümmert hatte, war nichts Außergewöhnliches. Schließlich waren er und Dr. Reich beide Mitglieder desselben Golfklubs. Warum wurde allerdings nur der Safe im Wohnzimmer aufgebrochen und die wertvollen Bilder und Teppiche unbeachtet gelassen?, fragte sich Hector bereits zum wiederholten Male. In der Akte hatte er eine Randnotiz von Kommissar Ebert entdeckt, die besagte, dass die Einbrecher seiner Meinung nach ganz gezielt nach etwas gesucht hatten und genau wussten, wo sie fündig wurden.

Die Bilder und Teppiche waren somit für sie wertlos. Aber warum waren sie wertlos, fragte Hector sich.

Um seinen Gedanken nicht zu verlieren, rief er noch einmal die Nummer von Kommissar Ebert an und hatte Glück, dass er denselben Kollegen erwischte, mit dem er bereits kurz zuvor gesprochen hatte.

„Entschuldigung, dass ich Sie nochmals störe. Aber zum Fall *Dr. Reich* hätte ich noch eine Frage."

„Ja, bitte, und welche?"

„Gab es eigentlich zum Wert der Bilder und Teppiche, die nicht entwendet wurden, irgendwelche Angaben?"

Der Kollege von Kommissar Ebert legte den Hörer kurz beiseite und Hector hörte, wie er die Polizeiakte des Falls durchblätterte.

„Nein, in der Akte finden sich keinerlei Hinweise zum Wert der Bilder und Teppiche. Warum auch, die wurden doch nicht gestohlen."

Hector wollte sich gerade für die Auskunft bedanken und verabschieden, als sich sein Gesprächspartner an ihn wand: „Zu den Bildern gibt es in den Unterlagen nur den Hinweis der Kollegen, dass sie von einer Kunsthandlung in Hamburg stammten: Kunsthandlung Pedro de la Villa. Vielleicht versuchen Sie es dort einmal."

Sekundenlanges Schweigen. „Herr Ostleben, sind Sie noch am Apparat?"

„Ähm, natürlich. Sie haben mir sehr geholfen. Danke und auf Wiederhören."

Hector beendete das Telefonat und legte langsam und vorsichtig sein Handy auf den Tisch. War dies nun das fehlende Puzzleteil, das schon so lange vor seiner Nase gelegen hatte? Es konnte kein Zufall sein, dass die kleine Bronzestatue von Dr. Reinhard in dessen Behandlungszimmer und die wertvollen Bilder von Dr. Reich aus derselben Kunsthandlung stammten. Vielleicht war dieser Pedro de la Villa eine wichtige Person im Leben der beiden Doktoren. War das die Wahrheit, die ihm bis jetzt verschlossen schien?

***

Wie so oft verließ Dr. Reinhard seine Praxis als Letzter. Noch bevor er seinen schweren SUV bestieg, der auf dem rückwärtigen Parkplatz seiner Praxis stand, bemerkte er den weißen Briefumschlag, der unter den Scheibenwischern steckte.

Übergabe der Ware am 14. 03. in Hamburg um 20.00 Uhr. Weitere

Details folgen.

Er las die in Druckbuchstaben verfasste Nachricht. Das sind keine fünf Wochen mehr, rechnete er spontan aus, während er seinen Wagen bestieg und zügig den Parkplatz verließ, um sich in den fließenden Verkehr einzufädeln.

„Guten Abend, Frau Ostleben, mein Name ist Dr. Reinhard. Ich bin der behandelnde Arzt Ihres Mannes. Ist er zu Hause?"

„Nein", antwortete Charlotte Ostleben in die Haussprechanlage ihrer Wohnung knapp. „So kommen Sie doch bitte herein", fuhr sie einen Moment später fort, während sie den Türöffnungsknopf für die große gläserne Haustür des Mehrfamilienhauses betätigte.

Kurze Zeit später saß ihr der späte Gast am großen Esszimmertisch gegenüber. Nach einigen Begrüßungsfloskeln erklärte der Arzt Charlotte Ostleben den Grund seines Besuches.

„Hier sind noch einmal einige Tabletten für Ihren Mann. Es handelt sich um Neuroleptika der neuesten Generation, die es derzeit noch nicht im Handel gibt. Vergangene Woche hatte ich Ihrem Mann bereits einige ausgehändigt. Mit diesen hier kommt er die nächsten zwei Monate aus", log er Ostlebens Frau an. In den folgenden Minuten erfuhr er, dass sein Patient bereits seit Mitte Dezember die gemeinsame Wohnung auf eigenen Wunsch hin verlassen hatte und nun in Niederursel wohnte.

„Haben Sie Kontakt mit Ihrem Mann?", wollte Dr. Reinhard wissen, der es als einen Vorteil ansah, dass sein Patient alleine wohnte.

„Nein, seit damals nicht mehr", entgegnete Charlotte Ostleben nachdenklich. „Ich kann Ihnen aber die neue Adresse geben. Und bitte grüßen Sie meinen Mann von mir."

Sie versuchte jetzt offensichtlich, mit knappen, kurzen Sätzen den Besuch loszuwerden. Dr. Reinhard rieb sich gedanklich die Hände, als sie ihm die neue Adresse ihres Mannes auf einem kleinen Zettel notierte.

***

War es richtig gewesen, dem Arzt die neue Adresse zu geben?, meldete sich bei Charlotte Ostleben eine mahnende Stimme. Überhaupt schien ihr der späte Besuch des Mediziners merkwürdig. Die Tabletten hätte er Hector auch bei dessen nächsten Arzttermin übergeben können, schlussfolgerte sie leicht kopfschüttelnd. Andererseits beeindruckte sie die Fürsorge von Dr. Reinhard, die sie selbst im Augenblick noch nicht bereit war, Hector entgegenzubringen. Jedes Mal, wenn Charlotte in den letzten beiden Monaten an ihren Hector und seine Krankheit gedacht hatte, wollte sie die Realität nicht wahrhaben. Dabei aufkommende Gefühle unterdrückte ihr Unterbewusstsein nachdrücklich, so als wollte es sie vor einer diffusen Gefahr beschützen. Irgendwann einmal musste sie sich dem Problem abschließend stellen, versuchte sie ihre aufkommenden Gefühle zu lähmen. Irgendwann …

***

„Was um alles in der Welt macht Dr. Reinhard bei dir zu Hause?", entfuhr es Gertrude, die neben Hector beobachtete, wie der Arzt das Mehrfamilienhaus, das Hector nur zu gut kannte, eilig verließ.

Genau wie seine Nachbarin hatte sich Hector in der letzten Viertelstunde sein löchriges Gehirn zermartert, um auf diese Frage eine logische Antwort zu finden.

„Ich weiß es nicht, auf jeden Fall macht mir das Sorgen", stellte er fest. „Charlotte wird ihn sehr wahrscheinlich über meine neue Adresse informiert haben. Auf meiner Krankenversicherungskarte ist natürlich noch die alte Adresse hinterlegt. Irgendwie werde ich den Gedanken nicht los, dass mich der liebe Herr Doktor auf dem Kieker hat."

Bei dem letzten Satz fuhr es seiner Nachbarin augenscheinlich gehörig in die Knochen und mit weit geöffneten Augen und halb geöffnetem Mund schaute sie Hector erschrocken an.

„Dann müssen wir jetzt aufpassen, was er vorhat. Er scheint nervös zu werden, warum auch immer", entgegnete die alte Dame, so als wollte sie sich selbst Mut machen.

„Hast du schon etwas über diesen Pedro de la Villa herausbekommen?", wechselte Hector abrupt das Thema, der die aufkommende Angst bei Gertrude spürte.

„In der Tat, habe ich. In Hamburg gibt es eine Kunsthandlung auf denselben Namen. Sie gehört einem Argentinier. Er handelt mit Kunstgegenständen und Antiquitäten. Auf seiner Homepage steht auch, dass er in der Vergangenheit die Hamburger Uniklinik mit Forschungsgeldern unterstützte."

In den folgenden Minuten war es still in dem alten Golf und nur das leicht brummende Geräusch des kleinen Motors füllte diese Stille aus. Nachdenklich lenkte Hector den Wagen bis vor seine Wohnung in Niederursel.

Gertrude wollte schon aussteigen, als er sie am Jackenärmel packte und so am Aussteigen hinderte. Die alte Dame schaute Hector fragend an, als er mit einem wissenden Lächeln verkündete: „Dr. Reinhard und der Argentinier kennen sich, und zwar seit Längerem. Er war es auch, den er am Flughafen getroffen hat. Ich glaube, die beiden machen Geschäfte miteinander. Vielleicht etwas mit Kunst oder Antiquitäten."

„Aber das kann nicht der Mann auf dem Eisernen Steg gewesen sein, denn der hatte einen hessischen

Akzent. Und allem Anschein nach wohnt der also in Frankfurt", ergänzte Gertrude seine Ausführungen.

Für einen Moment schauten sich beide fragend an.

„Vielleicht gehören die beiden Männer zu einer Geschichte, die wir bisher nicht kennen? Mit großer Wahrscheinlichkeit haben die nichts mit dem Mord an der Sprechstundenhilfe zu tun", spann Hector den Faden weiter.

In ihrer Wohnung angekommen, lud Gertrude ihren Nachbarn zum Abendessen ein.

„Auf jeden Fall hat Dr. Reinhard jetzt die Adresse von deiner Wohnung hier und kann dich – wie wir ihn auch – beobachten. Du musst jetzt vorsichtig sein. Wir wissen nicht, was er vorhat", fasste sie die aktuelle Situation zusammen, während sie den Abendbrottisch deckte. „Und mich kennt er ja aus der Praxis, von meinem gespielten Kreislaufkollaps", fuhr sie mit leichter Besorgnis fort.

„Ganz vergessen dürfen wir auch nicht diesen Dr. Reich. Wie der in das ganze Puzzle passt, ist mir noch ein viel größeres Rätsel", entgegnete Hector, wobei er den Finger hob, um seinen Worten noch mehr Gewicht zu verleihen. Während des Abendessens versuchten die beiden, die vielen losen Enden ihrer Beobachtungen und Recherchen in immer neuen Konstellationen zu einer brauchbaren Geschichte zu verbinden.

„Wir können die Dinge drehen, wie wir wollen, solange wir nicht die Verbindungen zwischen unseren Puzzleteilen kennen, kommen wir einfach nicht weiter. Die einzige Tatsache, die wir sicher wissen, ist der Tod der Assistentin, und dass Dr. Reinhard der Mörder ist. Das können wir allerdings nicht beweisen.

Alles andere sind nur Mutmaßungen und Verdächtigungen. Keine Polizei der Welt würde daraufhin ermitteln. Im Gegenteil, bei meiner Krankengeschichte würden die mich nur bedauern und nach Hause schicken."

„Somit bleibt es bis auf Weiteres bei der Observation von Dr. Reinhard, in der Hoffnung, dass wir dabei auf neue Details stoßen."

Zurück in seiner Wohnung nahm sich Hector noch einmal den Versicherungsfall *Dr. Reich* vor, indem er die kopierte Akte von vorn bis zum Schluss las. Einzig die Tatsache, dass Dr. Reich Landtagsabgeordneter war, veranlasste ihn, die Internetseite des Hessischen Landtags aufzusuchen.

Mit einigen Klicks erfuhr er, dass der Landtagsabgeordnete als studierter Jurist den Haushaltsausschuss leitete und als Mitglied seiner Partei im Ausschuss für Wirtschaft, Energie, Verkehr und Wohnen saß. Als langjähriges Mitglied des

Hessischen Landtages kümmerte er sich insbesondere um die entwicklungspolitischen Themen. Häufiges Reisen ins Ausland schien dabei eines seiner Steckenpferde zu sein. Zu seinen letzten Reisen gehörten Besuche in Japan, den USA, Kolumbien und Argentinien, entnahm Hector einer weiterführenden Internetrecherche. Beim Wort *Argentinien* blieb er intuitiv hängen. „Argentinien … Argentinien …", murmelte er leise vor sich hin, so als würde die Wiederholung des Wortes seinem langsam zu Brei werdenden Gehirn eine Stütze sein.

„Na klar, Pedro de la Villa kommt doch aus Argentinien. Vielleicht ist das ja das fehlende Puzzleteil", konstatierte er. In der folgenden halben Stunde notierte er die Beobachtungen und Resultate des heutigen Tages in seinem kleinen schwarzen Notizbuch.

12. Kapitel

Üblicherweise bearbeitete Hector seine Versicherungsfälle im Homeoffice, doch bisweilen musste er ins Büro, um sich mit der Kollegin Kehrlich hinsichtlich einiger Details abzusprechen. Seine Aufenthalte dauerten in der Regel kaum länger als eine Stunde. Als er gerade das Bürogebäude verließ, begegnete er seinem Chef.

„Hallo, Herr Mülhausen", begrüßte er ihn schon von Weitem und verwickelte ihn in ein belangloses Gespräch. Robert Mühlhausen lag wenig an der Konversation mit seinem Mitarbeiter. Erst recht nicht auf der Straße.

„Wenn Sie das nächste Mal im Büro sind, können wir uns ja einmal intensiver unterhalten. In fünf Minuten fängt eine Webkonferenz an, leider habe ich jetzt keine Zeit mehr."

Sein Chef log ihn offensichtlich an, während er sich bereits zum Gehen wandte.

„Ist denn der Fall *Dr. Reich* mittlerweile abgeschlossen?", fragte Hector neugierig

Sein Chef schien überrascht und konterte harsch: „Nein, noch nicht ganz. Aber das muss Sie nicht interessieren, ist ja nicht mehr ihr Fall."

Für einen Moment schauten sich die Männer sprachlos an, bevor sie sich gespielt freundlich voneinander verabschiedeten. Mit der emotionalen Antwort hatte Hector nicht gerechnet. Irgendwie hatte er da wohl einen wunden Punkt getroffen, analysierte er die Situation, während er den Rückweg zu seinem Wagen antrat.

Am Sonntagnachmittag klingelte es an Hectors Wohnungstür.

„Guten Tag, Herr Ostleben", begrüßte ihn Dr. Reinhard, als er seine Wohnungstür öffnete. Insgeheim hatte er mit Gertrude gerechnet, die er für den Nachmittag zum Kaffee eingeladen hatte.

„Ihre neue Adresse habe ich von Ihrer lieben Frau, von der ich Sie auch grüßen lassen soll." Kurze Pause. „Und hier habe ich noch einige Tabletten des noch nicht im Handel befindlichen Neuroleptika, die ich Ihnen bereits mitgegeben hatte. Ich war zufällig in der Gegend und da dachte ich, ich bringe Ihnen einen Vorrat an Tabletten gleich vorbei."

Hector schaute dem Neurologen direkt ins Gesicht und für einen Moment glaubte er, hinter der Fassade die Fratze eines Mörders zu erkennen.

„Ach ja, natürlich, vielen Dank", konnte er seine Überraschung kaum verbergen. „Möchten Sie hereinkommen?"

„Nein, nein, wie gesagt, ich wollte Ihnen nur die Tabletten vorbeibringen und Sie auch noch einmal daran erinnern, sie regelmäßig zu nehmen. Kommen Sie bitte Ende des Monats zur Sprechstunde."

Hector glaubte in dem letzten Satz des Neurologen einen merkwürdigen flehenden Unterton herauszuhören, eine Art Aufforderung, es bald zu tun.

***

„So, jetzt liegt auch der Bericht der Kollegen vom Labor vor." Kommissarin Prechtlin las laut vor, während sie den Bericht überflog: „Der Koffer gehört eindeutig Frau Rechenbach. Haarproben aus dem Koffer und ihrer Wohnung sind identisch. Auf den Schlössern wurden nur die Fingerabdrücke des Mitarbeiters des Recyclinghofes gefunden. Keine von Frau Rechenbach."

Während sie den Laborbericht auf ihren Schreibtisch legte, fuhr sie mit leicht zusammengekniffenen Augen fort: „Was allerdings komisch ist, sofern sie ihren Koffer gepackt hat. Somit hat ihr jemand anderes den Koffer gepackt, ihr Einverständnis vorausgesetzt. Das wiederum wäre für eine Frau allerdings unvorstellbar. Höchstens Männer lassen sich den Koffer von ihren Frauen oder Freundinnen packen. Das haben schon die Neandertaler-Frauen so gemacht, wenn ihre Männer auf die Jagd gegangen sind."

Erst jetzt fiel der Kommissarin auf, dass sie auch die letzten Sätze laut ausgesprochen hatte. Eigentlich waren die nur für ihre eigenen Ohren bestimmt gewesen.

Hauptkommissar Danner schaute auf und kniff seine Augenbrauen zusammen. Vernahm er hier eine gewisse Kritik an der Spezies Mann? Jedem Rudel stand schließlich ein männliches Tier vor! Er wollte schon intervenieren, doch seine Kollegin ließ ihm keinen Raum dafür.

„Was natürlich nicht für jeden Mann gleichermaßen gilt", versuchte sie, ihr vorlautes Statement zu entkräften.

„Wir können mit großer Wahrscheinlichkeit davon ausgehen, dass der Koffer von demjenigen gepackt wurde, der auch etwas mit ihrem Verschwinden zu tun hat."

Danner fuhr sich konzentriert mit seiner rechten Hand über die Lippen. „Ihr früherer Freund aus Leipzig kommt dafür nicht infrage. Er war in der fraglichen Zeit in Leipzig im St. Elisabeth-Krankenhaus. Leistenbruch. Anschließend war er noch eine Woche zu Hause. Das zeigen auch die Auswertungen der Bewegungsdaten seines Handys."

„Damit verlieren wir unseren einzigen Verdächtigen mit einem möglichen Motiv", reagierte die junge Polizistin enttäuscht.

Für kurze Zeit wurde es still in dem großen Büro, in dem die beiden Schreibtische der Kommissare Kopf an Kopf standen, um sich auch auf kurzem Dienstweg zu verständigen, und sei es nur durch eine einstudierte Mimik. So wie auch jetzt. Hauptkommissar Danner sah in das resigniert blickende Gesicht seiner Kollegin, das einem Hilferuf entsprach.

„Die Einzigen, die mit der Vermissten in den Tagen vor ihrem Verschwinden nachweislich in Kontakt waren, sind ihre Freundin Frau Tschenke, die ich nicht für verdächtigt halte, und ihr Chef Dr. Reinhard, der unauffällig ist. Mehr haben wir derzeit nicht. Ach ja, und Herr Ostleben, der etwas zum Fall Yvonne Rechenbach aussagen wollte, aber wie ein Fisch auf Land nur nach Luft rang und zu keiner Aussage fähig war", redete er sich immer mehr in Rage und verfehlte das Ziel, seine demotivierte Kollegin wieder aufzurichten.

„Und wir wissen, dass Herr Ostleben Patient bei Dr. Reinhard ist und wahrscheinlich an einer neurologischen Krankheit leidet", ergänzte Frau Prechtlin abschließend, leicht resigniert.

Keinen Zeugen, kein Motiv und keine Leiche!

***

„Nächste Woche fliege ich nach Genf zum Verbandstreffen der europäischen Neurologen. Ich habe dir doch erzählt, dass ein neuer Präsident gewählt wird. Voraussichtlich ein deutscher Neurologe. Außerdem werden dort zwei Studien zu einem neuartigen Neuroleptika-Medikament vorgestellt. Falls du mitkommen willst, können wir, statt zu fliegen, auch mit deinem Wagen fahren."

Dr. Reinhard wusste genau, dass seine Frau kein Interesse daran hatte, ihn zu begleiten. Aber er musste sie fragen, um keinen Verdacht aufkommen zu lassen, dass er das Verbandsmeeting nur vortäuschte, um nach Genf fliegen zu können.

Wie verabredet, musste er eine Woche vor der Kokain-Lieferung

die 2,5 Millionen Euro auf das Konto von Pedro de la Villa überweisen, sonst würde das Paket an einen anderen Kunden gehen. Für ihn war das die letzte Chance, das große Geld zu machen und sich endlich abzusetzen. Jetzt dürfte nichts mehr schiefgehen, grübelte der Neurologe, während er auf eine Antwort von seiner Frau wartete.

„Nein, lass mal, jetzt ist es in der Schweiz viel zu kalt und du weißt ja, Skifahren habe ich nie gelernt", antwortete Charlotte Reinhard betont lustig, denn als Rollstuhlfahrerin war Skifahren für sie unmöglich.

Gott sei Dank, frohlockte der Arzt innerlich, bevor er in sein Arbeitszimmer ging, um den Flug und das Hotel online zu buchen. Gedankenverloren schaute er auf den Fotokalender mit ausgesuchten Brückenmotiven aus aller Welt, der an der Wand hing und der für den Monat März das Landwasserviadukt in Filisur in der Schweiz zeigte. War das Motiv Zufall oder Vorsehung?

***

Gleißendes Licht traf auf Hectors Netzhaut und ein stechender und heißer Schmerz in seinem linken Bein verhieß nichts Gutes. Auch seinen Körper, der sich, wie in einen Schraubstock eingespannt, anfühlte, konnte er kaum bewegen. In seinem Blickfeld registrierte er neben seinem Kopf, der seitlich auf dem Beifahrersitz ruhte, glitzernde Glasscherben und feine Lacksplitter. Es roch nach Benzin, Gras und brackiger Feuchtigkeit. Langsam registrierte er, dass sich sein Körper in einer unvorteilhaften Lage in seinem alten Golf befand. Die Tür auf der Beifahrerseite gab ihm den Blick auf eine begrünte nasse Fläche frei, die im Mondlicht glänzte. Seine durch einen lauten Knall betäubten Ohren registrierten eine sich nähernde Sirene. Augenblicke später vernahm er lauter werdende Motorengeräusche und blau zuckendes Licht, das durch die zerborstene Windschutzscheibe wie Tausende kleine blaue Puzzleteile in das Wageninnere schien.

Männergesichter, mit weißen Schutzhelmen mit grell gelb reflektierenden Streifen und breiten Kinnriemen, schauten ihm Sekunden später ins Gesicht.

„Hallo, können Sie mich hören? Haben Sie Schmerzen? Bleiben Sie ruhig liegen, der Notarzt ist schon unterwegs."

Hector war zu schwach, um zu antworten. Er nickte leicht, als Zeichen, dass er die Fragen verstand hatte. Doch dann verließen ihn die Kräfte, sein Körper wurde plötzlich schlaff, sämtliche Schmerzen lösten sich auf, alle Geräusche um ihn herum vermischten sich zu einem milden, immer leiser werdenden Klangteppich und ein raumfüllendes weißes Licht beförderte sein Bewusstsein in ein Nichts.

„Bleiben Sie bei uns. Der Arzt ist unterw…", waren die letzten Wortfetzen, die seine Ohren erreichten. Dann wurde es um ihn herum still und dunkel, und eine unbekannte Glückseligkeit machte sich in seinem Körper breit. Endlich frei!

Mit leichten Kopfschmerzen, einem trockenen Gaumen und spröden Lippen erwachte Hector. Weißes Bettlaken, weiße Gardinen, weiße Türen, weiße Lampen. Unzweifelhaft, er lag in einem Krankenzimmer. Den Kopf konnte er bewegen, auch die Arme, nur das linke Bein fühlte sich taub an und schmerzte. Langsam erwachten seine Lebensgeister wieder und verbreiteten ein wenig Hoffnung in einer ungewollten und wenig verheißungsvollen Situation.

Ich lebe, war sein erster klarer Gedanke. Doch wie war er hierhergekommen, fing sein Gehirn an, die naheliegende Vergangenheit zu rekonstruieren. Er konnte sich an nichts erinnern, nur an einen lauten

Knall, an einen erdigen Geruch und an den plötzlichen Schmerz im linken Bein. Vermutlich ein Unfall. Aber womit und wie, fragte sich Hector, den die Leere in seinem Kopf so sehr anstrengte, dass er in einen langen und tiefen Schlaf fiel.

„Herr Ostleben, wie geht es Ihnen?", weckte ihn unsanft ein Mann in den Vierzigern mit einem Dreitagebart und blonden mittellangen Haaren in einem weißen Kittel. Das Namensschild an der Brusttasche, in der zwei Kugelschreiber steckten, wies ihn als *Dr. med. M. Kern* aus. Neben ihm stand eine kleine dunkelhaarige Krankenschwester in einer hellblauen Tracht, die ihn mit ihren großen dunklen Augen und einem warmen Lächeln ansah.

In der Hand hielt sie ein weißes iPad, das sie dem Arzt übergab, nachdem sie mit einigen schnellen Wischs Hectors aktuelle Krankendaten aufgerufen hatte. Hector betätigte die automatische Rückenlehne seines Krankenbettes, die ihn in eine komfortable aufrechte Position brachte.

„Soweit geht es mir gut. Bis auf mein rechtes Bein. Und ich weiß nicht, was vorgefallen ist."

„Ja, ihr Schienbein ist gebrochen und Sie haben eine große Schnittwunde am linken Oberschenkel und einige Prellungen. Nichts wirklich Schlimmes.

Vermutlich leiden Sie auch an einer leichten Amnesie. Eine Reaktion auf den Unfall."

Dr. Kern tippte mit einem Stift einige Male auf das iPad, um verschiedene Krankendaten anzupassen. „Oder leiden Sie an einer entsprechenden Krankheit, wir haben Antidementiva-Tabletten bei Ihnen gefunden. Die werden normalerweise nur bei Demenz verschrieben. Außerdem noch einige nicht beschriftete Tabletten, könnten Placebos sein", fuhr der behandelnde Arzt fort, während er auf eine Antwort von seinem Patienten wartete.

Was sollte er ihm nur sagen, die Wahrheit oder eine wie immer geartete Lüge?

Hector entschloss sich zur Wahrheit, allerdings nur in knapper Form. Der Arzt schaute ihn noch immer fragend an, doch Hectors Stimme versagte. Zuerst dachte er nur, er fände das richtige Wort nicht, mit dem er seine Krankheitsgeschichte beginnen wollte, doch Sekunde für Sekunde wurde seine Sprache weiterhin gehemmt. Kein Wort verließ seinen Mund. Panik stieg in ihm auf, seine eingeschränkte Mobilität tat ihr Übriges. Jetzt fing er wieder an, mit seinen Fingern und Armen unkontrolliert in der Luft herumzuwirbeln, um seinen Worten Ausdruck zu verleihen. Doch damit machte er alles nur noch schlimmer. Immer noch verließ keine Silbe, kein Wort seinen sich wie bei einer Marionette öffnenden und schließenden Mund.

Anfänglich schauten ihn der Arzt und die Krankenschwester noch abwartend an, doch als seine Sprechblockade sich mehr und mehr in einen epileptischen Anfall verwandelte, erkannten sie wohl die Ausweglosigkeit, in der sich Hector befand. Beruhigend redete Dr. Kern auf Hector ein, während die Krankenschwester aus dem mitgebrachten Rollcontainer, in dem Verbandsmaterial, medizinische Gerätschaften und allerlei Spritzen und Medikamente auf ihren Einsatz warteten, eine bereits aufgezogene Einwegspritze fingerte, den Kanülen-Schutz abstreifte und sie dem wartenden Arzt in die Hand legte. Der versenkte die Spritze routiniert in Hectors linkem Arm und Augenblicke später durchströmte ein warmer Strahl seinen Körper. Hände und Arme entspannten sich und fielen auf die Bettdecke. Hectors Mund schloss sich und eine innere Ruhe breitete sich in ihm aus.

Jetzt habe ich verloren, war sein letzter Gedanke, bevor sein Oberkörper langsam in sein Bett sank, er seine Augen schloss und erneut einschlief.

***

Charlotte, Hectors Ehefrau, wurde am folgenden Morgen durch die Klinik über Hectors Unfall informiert. Sorgenvoll und mit gemischten Gefühlen betrat sie das Krankenzimmer, in dem ihr Mann immer noch alleine lag. Zur Begrüßung küsste sie Hector auf die Stirn und legte anschließend ihren hellen Wintermantel und den Kaschmirschal auf das noch freie Bett.

„Ich habe dir schnell noch eine Zahnbürste und eine Zahnpastatube besorgt. Die hattest du bei deinem Unfall sicherlich nicht dabei", versuchte sie, das Gespräch locker zu beginnen. Hector war nach Dr. Kerns Injektion noch leicht benommen und erinnerte sich nur bruchstückhaft an seine Attacke. Charlotte war vom Oberarzt, kurz nachdem sie die Krankenstation betreten hatte, über Hectors Zustand ins Bild gesetzt worden. Als der Arzt von der Sprachstörung und den epileptischen Anfällen berichtete, überfiel sie eine grenzenlose Traurigkeit und Ohnmacht. Sie ließ sich allerdings nichts anmerken und informierte Dr. Kern darüber, dass ihr Mann wegen einer Demenzerkrankung in Behandlung bei Dr. Reinhard sei, einem anerkannten Neurologen in Bad Homburg. Der Arzt notierte sich den Namen. Auf dem Flur verabschiedete er sich von Frau Ostleben und bat eine gerade in der Nähe stehende Krankenschwester, ihr das Zimmer des Patienten Ostleben zu zeigen.

Hectors Gefühlswelt glich einer Achterbahn mit unbekanntem Ende: Einen kaum verdauten Unfall mit einem Schienbeinbruch und einem aufgeschlitzten Oberschenkel überlebt, erneutes Aufflammen seiner Demenzerkrankung, ein Oberarzt, der unter Umständen falsche Schlüsse daraus zog, und jetzt noch seine geliebte Charlotte am Krankenbett, die sich eigentlich von ihm abgewendet hatte.

„Wie geht es dir?", versuchte sie umständlich, die Konversation in Gang zu bringen.

„Nächste Frage", antwortete er mit ironischem Unterton.

In den folgenden Minuten verbreitete Hector Zweckoptimismus. „Mir geht es schon viel besser, und ich denke, in wenigen Tagen kann ich dieses Etablissement endlich verlassen." Ihrer Frage nach dem Grund seiner abendlichen Fahrt wich er somit aus.

„Und wie ist es überhaupt zu dem Unfall gekommen?", wollte sie wissen.

„Genau weiß ich das nicht, es hatte angefangen zu regnen, und plötzlich tauchte vor mir in der Dunkelheit ein Schatten auf. Ich wollte ihm ausweichen, aber da drehte sich der Golf plötzlich ein- oder zweimal um seine eigene Achse und rauschte anschließend über einen kleinen Graben auf einen Acker. Anschließend gab es noch einen lauten Knall, vermutlich der Airbag. Als der Wagen endlich stand, wollte ich aussteigen. Erinnern kann ich mich nur noch, wie die Feuerwehr anrückte. Ab dann hatte ich einen Filmriss."

Charlotte entschied sich, kein Wort über Hectors Demenzerkrankung zu verlieren, sie wollte ihn nicht noch mehr beunruhigen. Außerdem tat sie sich selbst schwer mit der Krankheit. Würde sie jemals die Kraft finden, die Krankheit zu akzeptieren und Hector zur Seite zu stehen? Eine Frage, die sie nun schon seit so langer Zeit begleitete und der sie bisher immer ausgewichen war. Musste erst noch mehr passieren, damit sie endlich aufwachte, fragte sie sich auch heute wieder, während sie Hectors Ausführungen über das Unfallgeschehen sorgenvoll verfolgte. Seine sonore und weiche Stimme öffnete ihre doch so arg strapazierte Gefühlswelt – wie so oft in der Vergangenheit – und ein warmer Schleier legte sich über ihren angespannten Körper.

***

„Guten Morgen, mein Name ist Dr. Kern, Klinik Bad Homburg, spreche ich mit Dr. Reinhard?"

„Ja, am Apparat, was kann ich für Sie tun?"

„Ich habe hier einen Patienten von Ihnen liegen, Herrn Hector Ostleben. Ihren Namen erfuhr ich von seiner Ehefrau, Frau Charlotte Ostleben. Er hatte vorgestern einen Unfall mit seinem Wagen. Seine Verletzungen sind unerheblich, aber er weist einige Symptome einer Demenzerkrankung auf. Bevor wir ihn entlassen, wollte ich mich mit Ihnen, als behandelndem Arzt, hinsichtlich der weiteren Vorgehensweise abstimmen."

Nach einer kleinen Pause fragte der Arzt nach: „Dr. Reinhard, sind Sie noch am Apparat?"

„Ja, entschuldigen Sie, aber ich bin etwas überrascht, dass Herr Ostleben mit seinem Wagen verunglückt ist. In seinem Zustand hatte ich ihm vom Autofahren dringend abgeraten", log der Facharzt spontan. Innerlich jubilierte er. Was für ein Glück! Vor ein paar Tagen hatte er sich noch das Gehirn zermartert, wie er Ostleben aus dem Verkehr ziehen könnte, und nun half ihm das Schicksal. Jetzt musste er die Chance nur richtig ausnutzen, fiel es ihm blitzschnell ein, bevor er weitersprach: „Herr Kollege, der Patient leidet an einer fortgeschrittenen Demenzerkrankung. Teile des Broca-Areals sind bereits zerstört und auch Regionen des Frontallappens sind in Mitleidenschaft gezogen. Der Patient reagiert in Stresssituationen, zum Beispiel wie sie beim Autofahren auftauchen können, mit Sprachstörungen und epileptischen Anfällen."

In den folgenden Minuten des Telefongesprächs kombinierte Dr. Reinhard Teile der wahren Krankheitsgeschichte seines Patienten so mit einem fiktiven Krankheitsbild und Symptomen, die zu einer schweren Demenzerkrankung passten, dass die anfängliche Skepsis seines Kollegen mehr und mehr verflog.

„Wir haben Antidementiva-Tabletten und namenlose Tabletten bei Herrn Ostleben gefunden", begann Dr. Kern einen letzten Versuch, die hart klingende Diagnose seines Kollegen zu hinterfragen.

„Ja, die Tabletten habe ich ihm verschrieben. Bei den Tabletten, die wie Placebos aussehen, handelt es sich um ein neuartiges Neuroleptika-Präparat, das kurz vor der Freigabe steht und dessen Einnahme ich ihm im Rahmen einer abschließenden Studie verordnet hatte."

„Habe ich verstanden. Sie sind der behandelnde Facharzt und kennen natürlich die gesamte Krankengeschichte viel besser als ich", kommentierte der Klinikarzt die letzten Ausführungen von Dr. Reinhard.

„Auch wenn ich letztendlich über seine Entlassung entscheide, wäre ich doch auch an ihrer Meinung interessiert", fuhr Dr. Kern fort.

Jetzt nur keinen Fehler machen, ermahnte sich Dr. Reinhard. In zwei Wochen fand die Übergabe des Drogenpakets statt, und in vier Wochen war er ein gemachter Mann und würde in Südamerika untertauchen. Er musste sicherstellen, dass dieser

Ostleben ihm in den nächsten Wochen nicht in die Suppe spuckte. Am besten wäre es, man würde ihn ein für alle Mal mundtot machen.

„Auf jeden Fall sollten Sie ihn weiterhin nicht entlassen. Nach dem Schock durch den Unfall benötigt er unbedingt ein paar Tage Ruhe. Auch sollte gewährleistet sein, dass er seine Medikamente wieder regelmäßig einnimmt. Ich werde mich darum kümmern, dass er anschließend erst einmal in eine geschlossene Abteilung überführt wird. Hierzu werde ich mich mit seiner Ehefrau kurzschließen, damit auch rechtlich alles klar geht", beantwortete er selbstsicher die Frage seines Arztkollegen in der Hoffnung, dass der Mediziner seiner Empfehlung folgt.

„Gut, dann werden wir den Patienten heute noch in die Neurologie verlegen. Sie melden sich dann bitte in den nächsten zwei Tagen bei mir und geben mir die Adresse der Einrichtung bekannt, in die er verlegt werden soll."

„Ich melde mich. Und noch einmal vielen Dank, dass Sie mich so schnell verständigt haben." Diese Entwicklung kam ihm sehr entgegen.

Kurze Zeit später legte Dr. Reinhard das mobile Teil seines Schnurlostelefons in die dafür vorgesehene Ladeschale.

Jetzt musste er nur noch Frau Ostleben davon überzeugen, ihren Mann in eine geschlossene Abteilung einweisen zu lassen. Dann war er alle Probleme auf einmal los. Der Arzt rieb sich gedanklich die Hände, während er im Internet nach einer passenden Einrichtung für den unliebsamen Patienten recherchierte.

13. Kapitel

Nach Charlottes Besuch wuchtete sich Hector umständlich mit seinem bandagierten Oberschenkel und geschienten Unterschenkel aus dem Bett und humpelte zu dem schmalen Einbauschrank, in dem seine Kleider aufbewahrt wurden.

Er musste unbedingt Gertrude anrufen, seine einzige Verbündete.

Fieberhaft suchte er in seiner Jacke und der Jeans nach seinem Handy.

In der letzten Tasche fand er es schließlich. Der Akku war allerdings leer und das Ladegerät lag bei ihm zu Hause.

Resigniert humpelte er wieder zurück zu seinem Bett.

Am nächsten Tag verlegte man Hector ohne Vorankündigung in die Neurologie. Auf Nachfrage bekam er keine zufriedenstellende Antwort. Das hätte Dr. Kern veranlasst, vernahm er nur. Etwas ging hier vor, was nicht gut für ihn war, folgerte er daraufhin. Die nächste Stunde verbrachte Hector damit, sein Handicap so zu trainieren, dass er mit den Schmerzen besser umgehen konnte. Tabletten, die ihm die Nachtwache zur Schmerzlinderung vorbeigebracht hatte, halfen ihm dabei. Den langen Flur nutzte er als Lauffläche. Am Ende des Flures lag auch das Schwesternzimmer, in dem sich sowohl die Pfleger als auch die Krankenschwestern während ihrer Schicht aufhielten. Patienten war es ebenfalls gestattet, den Raum zu betreten, um sich mit Tee und Mineralwasser zu versorgen. Auf einem Regal lagerten auch einige liegengebliebene und ausrangierte Ladegeräte. Hector nutzte die Gunst der Stunde und entwendete kurzerhand ein für sein Handy passendes. Während der folgenden Nacht lud er es auf, wobei er darauf achtete, dass die Nachtschwester es bei ihrer Tour nicht entdeckte, denn Handys waren auf der Station strikt verboten und wurden bei Zuwiderhandlung vom Personal eingezogen und bis zur Entlassung aufbewahrt.

***

„Hier ein Brief, wurde eben für Sie abgegeben, ohne Absender", informierte Monika Tschenke ihren Chef, nachdem sie den nächsten Patienten ins Behandlungszimmer 1 hatte eintreten lassen.

Dr. Reinhard schaute kurz auf. „Wer hat den Brief gebracht?", wollte er schroff wissen.

„Das war einer dieser Fahrradkuriere, der uns gelegentlich eilige Laborergebnisse vorbeibringt."

Die Sprechstundenhilfe bat den Patienten Platz zu nehmen und verließ irritiert das Behandlungszimmer. So kannte sie den Neurologen nicht. Der Brief hatte ihn wohl gestresst, folgerte sie aus seiner Reaktion.

Kaum hatte Dr. Reinhard den Patienten verabschiedet, riss er auch schon das neutrale, nur mit seinem Namen versehene Kuvert auf. *Die Ware ist unterwegs. Die passende Überweisung wird erwartet,* lautete der kurze Text.

Um auf Nummer sicher zu gehen, fingerte er sein Handy umständlich aus seiner Hosentasche und rief die Onlinebordkarten seines baldigen Flugs nach Genf auf.

Jetzt ist es endlich so weit. Er legte beruhigt das Handy beiseite.

Nur noch wenige Tage, dann war er im Besitz der hundert Kilo Kokain. Um die Ware nicht bei sich zu Hause lagern zu müssen, hatte er bereits vor einem Monat anonym einen Lagerraum in Frankfurt-Bockenheim online angemietet.

Anhand einer kleinen Probe würde der neue Besitzer die 1a-Qualität der Ware überprüfen. Sobald dann die vereinbarte Summe auf seinem Online-Konto in Genf eingegangen war, erhielt der Kunde den Ort und den Zutrittscode des Lagerraums, während er sich bereits auf dem Weg zum Flughafen befände, rekapitulierte er seinen Plan. Bei dem Weiterverkauf der Ware halfen ihm seine früheren Kontakte in der Szene. Handelseinig wurde er mit einer europäischen Organisation, deren Hauptquartier sich in Amsterdam befand. Dorthin würden die Drogen transportiert werden, um anschließend gestreckt und an kleinere Drogenhändler weiterverkauft zu werden. So würden aus hundert Kilogramm schließlich mehr als zweihundert Kilogramm werden. Jeder in der Handelskette verdiente daran, nur der Junkie am Schluss der Kette nicht. Der musste unter Umständen sogar noch mit seinem Leben bezahlen.

***

„Hallo, Gertrude, hier ist Hector", flüsterte er, nachdem am anderen Ende der Leitung das Telefonat nach einer kleinen Ewigkeit angenommen wurde.

„Ja, Gott sei Dank meldest du dich endlich, ich dachte schon, es sei etwas passiert", entfuhr es der alten Dame hörbar erleichtert.

„Ist es auch. Ich hatte einen Unfall und liege nun in der Klinik in Bad Homburg. Du musst mich dringend heute noch abholen." Eine kleine Pause entstand. „Natürlich, aber ich habe kein Auto."

„Dann komm mit einem Taxi. Das ist auch viel unauffälliger", reagierte Hector kurz entschlossen. „Sagen wir um zwölf Uhr bei der Zufahrt zur Ambulanz. Da ist immer etwas los und ich falle am wenigsten auf."

Dann beendete er das Gespräch. Nach dem Telefonat schaltete er sein Handy wieder aus und versteckte es zusammen mit dem entwendeten Ladegerät in dem Kleiderschrank. Nach der Visite würde er sich vom Acker machen, hoffentlich war Gertrude mit dem Taxi pünktlich. Auf seine Entlassung würde er nicht warten können, folgerte er nervös, während er zum wiederholten Male auf seine Armbanduhr schaute, auf deren Saphirglas durch den Unfall ein großer Kratzer prangte.

Gegen halb zwölf flog die Zimmertür auf und ein kleiner Stab von Klinikärzten und Pflegepersonal betrat das Krankenzimmer.

Der Chefarzt der neurologischen Abteilung erkundigte sich nach Hectors Wohlbefinden, während er gleichzeitig mithilfe eines iPads in der Krankenakte des Patienten las. In dem Trupp erkannte Hector auch Dr. Kern, den behandelnden Arzt aus der Notaufnahme.

„Was sind denn das hier für Tabletten?", fragte der Chefarzt in die Runde.

„Das sind neuartige Neuroleptika, die noch nicht auf dem Markt sind", entgegnete Dr. Kern kleinlaut.

„Seit wann verabreichen wir Patienten unbekannte Medikamente, Herr Kollege?", maßregelte der Chefarzt die ihn unbefriedigende Antwort. „Schwester, bitte die Tabletten einkassieren und durch Sertindol, zwei mal zwei Tabletten täglich, ersetzen. Gute Besserung, Herr Ostleben." Der Arzt verabschiedete sich und eilte aus dem Raum.

Als Letzter verließ Dr. Kern das Krankenzimmer. Kurz bevor er die Tür schloss, steckte er nochmals seinen Kopf in das Zimmer.

„Herr Ostleben, Ihnen noch alles Gute weiterhin", sagte er mit einem entschuldigenden Unterton.

Hector war sich nicht sicher, aber irgendwie hörte sich das für ihn wie eine Verabschiedung an. Ohne weitere Zeit zu verlieren, wuchtete er sich aus seinem Bett und humpelte zu seinem Kleiderschrank. Mit wenigen Handgriffen zog er seine, zum Teil noch verdreckten Sachen von den Kleiderbügeln. Seine Jeans passte nicht über seinen dicken Verband und die Beinschiene. Unter Zuhilfenahme einer Verbandsschere, die er im Bad gefunden hatte, schnitt er die Hose seitlich auf und verschaffte sich somit beim Überziehen ausreichend Platz. Auf einem Bein balancierend, zog er sein Unterhemd und das blaue Flanellhemd über. Um bei seiner anschließenden Flucht nicht aufzufallen, streifte er sich noch den weißen Bademantel über, der im Bad hing.

Nun musste er sich aber sputen, es war bereits viertel vor zwölf, bemerkte er bei dem erneuten Blick auf seine Uhr.

Mit aufgestelltem Kragen, gesenktem Kopf und einer Gehhilfe in der linken Hand verließ er das Krankenzimmer und machte sich auf in Richtung Aufzug. Kurz bevor sich die Türen des Aufzugs öffneten, entschied sich Hector doch noch, die neben dem Lift befindliche Treppe zu benutzen. Die Gefahr im Aufzug war zu groß, dass ihn von der Station jemand erkannte und höflich, aber bestimmt aufforderte, den Rückweg zum Krankenzimmer anzutreten. Mit einer Hand am Geländer und der Gehhilfe in der anderen begann er langsam den kräftezehrenden und schmerzhaften Abstieg. Im Parterre angekommen, suchte er nach dem Wegweiser zur Ambulanz.

Hector hatte Glück, denn gerade, als er die Tür zur Ambulanz öffnete, drangen auch schon laute Anweisungen von Ärzten und Krankenhauspersonal an seine Ohren. Zwei Patienten mit schmerzverzerrten Gesichtern und blutenden Kopfverletzungen wurden in Begleitung von Rettungssanitätern auf Transportliegen eilig in die vorbereiteten Behandlungszimmer manövriert. Dabei achtete keiner auf den, nur mit einem Bademantel bekleideten und auf einer Gehhilfe humpelnden Mann, der in Richtung der Automatiktüren, die nach draußen führten, humpelte. Nass geschwitzt und mit schwindenden Kräften trat Hector in den kühlen Märztag. Endlich in Freiheit, war sein erster Gedanke. Mit ausreichend Zeit hätte er den Moment sicherlich genossen, aber jetzt musste er sich beeilen, es war schon kurz nach zwölf. Wo war Gertrude und wo war das Taxi, fragte er sich, während ein Krankenwagen in zügiger Fahrt und mit eingeschaltetem Blaulicht nur wenige Zentimeter an Hector vorbeirauschte und zehn Meter hinter ihm zum Stehen kam.

„Hey, so passen Sie doch auf!", hörte er eine raue und eindringliche Stimme rufen, nachdem sich die Türen des Transporters geöffnet hatten. Hector humpelte, ohne sich umzublicken, einfach weiter. Gerade, als er die Einfahrt zur Ambulanz erreichte, brauste ein Taxi auf ihn zu und hielt nur wenige Handbreit vor ihm. Durch die Windschutzscheibe erkannte er seine Nachbarin. Endlich! Wenige Augenblicke später saß Hector bereits im Wagen, während Gertrude den Fahrer anwies, sie auf demselben Wege wieder zu ihrer Wohnung zurückzufahren. Wenn auch kraftlos, sackte Hector mit einem zufriedenen Gefühl in die Rücksitzbank des sich schnell vom Krankenhaus entfernenden Taxis. Das war Rettung im letzten Moment. Ab jetzt musste er auf der Hut sein, bilanzierte er das Geschehen der letzten Minuten.

Zu Hause angekommen, berichtete er Gertrude erst einmal von seinem Unfall und den Geschehnissen im Krankenhaus. Seine Nachbarin hörte ihm ohne Unterbrechung zu.

„Und warum bist du geflüchtet?", fragte sie ihn am Ende seiner Ausführungen.

„Irgendwie wurde ich den Verdacht nicht los, dass sich dieser Dr. Kern mit Dr. Reinhard unterhalten hatte und ich im Krankenhaus nicht mehr sicher sein könnte", äußerte Hector gegenüber Gertrude seine Befürchtungen.

„Wie geht es jetzt weiter?" Die alte Dame schaute ihren Nachbarn fragend an.

Hector suchte nach einer passenden Antwort. „Heute ist der 2. März. Aufgrund der aufgeschnappten Botschaft vom Eisernen Steg gehen wir davon aus, dass Dr. Reinhard im März ein wichtiges Paket erhält oder abgibt. Das heißt, wir müssen ihn jetzt jeden Tag observieren. Das geheimnisvolle Paket ist unsere einzige Chance, Licht ins Dunkel zu bringen."

Gertrude pflichtete Hector kopfnickend bei. „Aber wir haben kein Auto mehr", fiel es ihr spontan ein.

„Ja, darüber habe ich mir schon Gedanken gemacht. Am besten, wir bestellen uns heute noch übers Internet einen Wagen bei einem Autovermieter. Hast du einen Führerschein?" Er schaute Gertrude stirnrunzelnd an, wobei er auf sein verbundenes und geschientes Bein zeigte.

„Natürlich, aber ich bin seit über zehn Jahren nicht mehr gefahren."

„Dann wird es aber Zeit, dass du es wieder lernst", erwiderte Hector mit einem kleinen Lächeln auf den Lippen.

Noch am selben Nachmittag stand ein roter Ford Kuga vor Gertrude und Hector Haus und bereits am Abend nahmen beide die regelmäßige Beobachtung des Neurologen wieder auf. In den ersten Tagen machte es sich Hector mit dem geschienten Bein noch auf der Rücksitzbank bequem, während Gertrude mit unauffälligem Abstand dem SUV von Dr. Reinhard folgte. Ihre anfängliche Unsicherheit beim Fahren legte sie bereits nach wenigen Tagen ab und manövrierte den Mietwagen selbstsicher durch die teilweise engen und dunklen Straßen Niederursels und Bad Homburgs. Es schien, als blühe seine Nachbarin mit der neuen Mobilität förmlich auf, stellte Hector schmunzelnd fest. Sie half Hector auch beim Verbandswechsel. Die Wunde am Oberschenkel war mit fünf Stichen genäht und sah mit ihren Rot- und Violett-Schattierungen gefährlicher aus, als sie war. Bei dieser Gelegenheit entfernte er auch die kleine Beinschiene, die ihn beim Gehen zu sehr behinderte. An die fehlende Stütze musste sich Hector jedoch erst noch gewöhnen.

An seine von Tag zu Tag zunehmende Nervosität gewöhnte er sich allerdings nicht.

14. Kapitel

Dr. Reinhards Flug nach Genf verlief ohne Probleme. Dass ihn ein roter Ford zum Frankfurter Flughafen verfolgte, bemerkte er nicht. In Genf angekommen, bestieg er ein Taxi, das ihn in die verschneite Innenstadt zum Hotel Bristol, unweit der Pont du Mont Blanc, brachte.

Am frühen Nachmittag suchte er seine nur wenige Gehminuten entfernte Bank auf und überwies von seinem Nummernkonto 2,5 Millionen Euro auf das Konto von Pedro de la Villa in Buenos Aires. Dabei informierte ihn der Bankangestellte über die Restsumme von etwas mehr als hunderttausend Euro auf seinem Konto, und dass das Unterschreiten dieser Summe die Auflösung des Nummernkontos zur Folge hätte. Der Arzt nahm es leicht genervt zur Kenntnis und erwiderte hochnäsig, dass er in Bälde mit dem Eingang eines hohen Millionenbetrages rechne.

In einem kleinen Reisebüro in der Innenstadt buchte er anschließend für Ende März einen One-Way-Flug von Frankfurt nach Buenos Aires, verbunden mit einem einwöchigen Hotelaufenthalt. In Pedro de la Villa sah er einen idealen Partner vor Ort, der Land und Leute ihm näherbringen würde können. Auch was eine neue Partnerin anbelangte, wäre er nicht abgeneigt, spann er seinen kleinen Traum weiter.

Am späten Nachmittag des nächsten Tages trat er dann die Rückreise nach Frankfurt an.

***

„Da kommt er", entfuhr es Hector plötzlich, nachdem er sich erneut Tee aus der Thermosflasche in seinen kleinen Becher gegossen und ihn beinahe verschüttet hätte. Gertrude, die auf dem Fahrersitz saß, fuhr erschrocken aus ihrem Halbschlaf auf und blinzelte in die entgegenkommenden Scheinwerfer.

Der dunkle Geländewagen hielt kurz vor der noch verschlossenen Zufahrt des weitläufigen

Grundstücks, bevor das große Schiebetor sich öffnete und er langsam die breite Auffahrt hinauffuhr.

Hector und Gertrude beobachteten aus der Ferne die abendliche Heimkehr des Arztes. Hector notierte die Ankunftszeit in seinem schwarzen Notizbuch.

„Jetzt ist er zwar wieder zu Hause, aber wir wissen nicht, wo er gewesen ist. Nur, dass er mit dem Flugzeug unterwegs war", kommentierte Gertrude die Szene.

„Ja, das stimmt, aber um ein Paket in Empfang zu nehmen, fliegt man nicht mit dem Flugzeug. Es sei denn, es handelt sich um ein kleines Paket", versuchte Hector laut seine Gedanken zu ordnen.

„Aber für ein kleines Paket muss man sich nicht konspirativ auf einer Brücke treffen. Das hätte Dr. Reinhard auch anderweitig regeln können. Nein, bei dem Paket handelt es sich um eine große Sache, die unbedingt anonym bleiben muss", war sich seine Begleiterin sicher.

„Ich hoffe, du hast recht. Für heute reicht es, lass uns nach Hause fahren, mir wird langsam kalt", entgegnete Hector sichtlich müde, nachdem er sein Notizbuch zugeklappt hatte.

Die alte Dame nickte kurz, startete den Wagen und fuhr zügig los.

***

Hauptkommissar Danner schloss theatralisch den vor ihm liegenden Schnellhefter und warf ihn anschließend in einen, auf seinem Schreibtisch stehenden, kleinen hellblauen Ablagekorb aus Kunststoff. „Das war's. Aus einer Mücke kann man halt keinen Elefanten machen", fügte er lakonisch hinzu.

Seine Kollegin nickte beiläufig, wenn sie auch nicht überzeugt schien. Der Staatsanwalt hatte nach der Blamage bei der Verhaftung von Yvonne Rechenbachs ehemaligem Freund in Leipzig weiteren Aktionen des Hauptkommissars eine Abfuhr erteilt. Auch der aufgetauchte Koffer, der nachweislich aus dem Besitz der Vermissten stammte, sei noch lange kein Grund, rechtschaffene Bürger zu verdächtigen. Schon gar keinen anerkannten Arzt, war seine mündliche Reaktion, als er ihn am Morgen nochmals telefonisch kontaktiert hatte.

„Bringen Sie mir weitere Indizien oder besser noch Beweise, dann sehen wir weiter", waren seine letzten Worte gewesen, bevor er das Gespräch mit dem Hauptkommissar beendete und so Danners emotionale Reaktion mit der Akte zum Vermisstenfall *Yvonne Rechenbach* provozierte.

Die junge Kommissarin fischte sich die Akte aus dem Ablagekorb ihres Chefs und blätterte sie zum x-ten Male durch. Etwas mussten sie übersehen haben.

Das perfekte Verbrechen gab es nicht, kam es ihr, wie so oft bei dem Fall, in den Sinn.

„Ich glaube, der Einzige, der uns hierbei helfen kann, ist dieser Herr Ostleben", versuchte sie Danner zu motivieren.

„Kann sein, aber als Zeuge ist der nichts wert. Mit seiner wie auch immer gearteten Demenz wird ihm kein Staatsanwalt oder Richter glauben können, egal, was er beobachtet hat. Das haben wir nun schon mehrmals durchgekaut, Frau Kollegin", spielte er den verbalen Ball mit leicht genervtem Unterton wieder zurück.

„Natürlich, das ist mir klar. Aber bis jetzt wissen wir überhaupt noch nicht, *was* vorgefallen ist. Vielleicht führt uns eine Aussage von Herrn Ostleben auf eine konkrete Spur, die uns einen neuen Handlungsspielraum eröffnet", wehrte die junge Polizistin das Argument des älteren Kollegen mit hochgezogenen Augenbrauen ab und wartete auf dessen Antwort.

Dieter Danner schloss kurz die Augen, um sich zu sammeln.

„Sie geben wohl nie auf. Okay, wir starten einen allerletzten Versuch. Dieses Mal aber besuchen wir Herrn Ostleben zu Hause. Vielleicht ist er in seiner gewohnten Umgebung nicht so angespannt und erinnert sich an irgendetwas", entgegnete er seiner

Kollegin, die sichtlich froh schien, ihn doch noch einmal überzeugt zu haben.

***

„Frau Tschenke, kommenden Montag bleibt die Praxis zu. Mein Doktorvater und jetziger Professor und Leiter der Neuroanatomie an der Hamburger Uniklinik wird emeritiert. Zu seinem Ausstand bin ich eingeladen. Dienstag bin ich dann wieder hier."

Die Arzthelferin notierte sich kurz die Abwesenheit ihres Chefs und sah im elektronischen Praxiskalender nach, welche Termine sie würde verschieben müssen.

In Wirklichkeit kannte Dr. Reinhard den aktuellen Institutsleiter überhaupt nicht. Aber er benötigte eine valide Erklärung für die spontane Praxisschließung. Seiner Sabine hatte er das Märchen bereits gestern Abend beim Abendessen erzählt. Gott sei Dank wollte sie keine Details wissen.

In Wirklichkeit fand am Sonntag die Übergabe des Drogenpaketes im Hamburger Hafen statt. Endlich! Vorgestern hatte ein Fahrradkurier erneut einen neutralen Briefumschlag in der Praxis abgegeben. Darin wurde der Termin der Übergabe, nachdem das Geld auf dem Konto von Pedro de la Villa eingegangen war, bestätigt und als Übergabeort der Hamburger Hafen genannt. Eine Stunde vorher würde man ihm noch den genauen Treffpunkt mitteilen, las der Arzt als letzten Satz.

Dr. Reinhard entschloss sich, mit dem eigenen Wagen nach Hamburg zu fahren. Für die Fahrt in den Hamburger Hafen mietete er online einen kleinen Transporter. Sicherlich wimmelte es im Hafen nur so vor Überwachungskameras. Mit einem Lieferwagen blieb er erst einmal unauffällig, rechtfertigte er seine Vorsichtsmaßnahme. Damit die einzelnen Drogenpakete in seinem Wagen nicht gleich bei einer möglichen Polizeikontrolle auffielen, packte er zwei alte Reisetaschen und einen Hartschalenkoffer in den Kofferraum, gefüllt mit einigen Kleidungsstücken, die für die Altkleidersammlung gedacht waren. Sozusagen als Sichtschutz, falls die Taschen oder der Koffer geöffnet werden müssten. Darunter wollte er dann die einzelnen Drogenpakete packen. Bei der Erinnerung an seinen Plan huschte ein zufriedenes Lächeln über sein Gesicht.

Nach der Mittagspause erhielt der Neurologe einen Anruf von Dr. Kern, der ihm mitteilte, dass sein Patient Ostleben vorgestern das Krankenhaus fluchtartig verlassen habe. Die weitere Unterbringung des Patienten sei somit erst einmal vom Tisch. Die Klinik habe den Vorfall der hiesigen Polizei gemeldet, die sich aber nicht verantwortlich fühle, da der Patient nicht suizidgefährdet sei oder eine Bedrohung der Öffentlichkeit darstelle, teilte er ihm mit. Ferner fehlten für eine Unterbringung in einer psychiatrischen Abteilung die notwendigen Dokumente des Gesundheitsamtes. Man würde versuchen, mit der Ehefrau Kontakt aufzunehmen, um sich nach seinem Wohlergehen zu erkundigen.

Dr. Reinhard nahm die Information seines Kollegen stoisch auf, bedankte sich bei ihm und versprach seinerseits, mit dem Patienten zu reden, sobald er bei ihm in der Praxis auftauchte. Er durfte jetzt auf keinen Fall auffällig werden! Um Ostleben würde er sich kümmern, sobald er wieder aus Hamburg zurück war, beschloss der Arzt nüchtern.

***

Zum wiederholten Male blätterte Hector durch die kopierte Versicherungsakte zum Fall *Dr. Reich*. Mittlerweile dürfte der Schaden reguliert worden sein, fiel es ihm ein. Nur aus der Tatsache, dass die nicht entwendeten Kunstgegenstände aus der Kunsthandlung in Hamburg stammten, ergab sich noch lange keine Auffälligkeit. Oder doch? Stand der Fall irgendwie mit dem Tod von Yvonne Rechenbach in Verbindung? Hector schrieb intuitiv die Namen aller Beteiligten auf ein Blatt Papier: *Dr. Reinhard – Yvonne Rechenbach – Pedro de la Villa – Dr. Reich*. Er schaute sich die Namen einige Zeit an und wartete auf eine Eingebung.

Ja, und jetzt fiel im tatsächlich etwas ein! Die Gegend, wohin Gertrude dem ominösen

Unbekannten vom Eisernen Steg gefolgt war, kam ihm bekannt vor. Schnell suchte er in der Kopie nach der Wohnadresse von Dr. Reich.

„Dreieichstraße, Frankfurt-Sachsenhausen", las er laut und deutlich vor. Wild blätterte er in seinem kleinen Notizbuch hin und her und endlich fand er die Eintragung, nach der er gesucht hatte. In derselben Straße hatte Gertrude die Spur des geheimnisvollen Unbekannten vom Eisernen Steg verloren. Das hieß, zwischen Dr. Reinhard und Dr. Reich gab es eine Verbindung. Hector notierte sich diese Erkenntnis kurz in seinem kleinen Buch. Anschließend läutete er Sturm bei seiner Nachbarin, die ihn fragend ansah, als sie die Wohnungstür öffnete.

„Ich glaube, ich habe den Stein der Weisen gefunden", ließ er sie mit euphorischer Stimme wissen. Immer noch durch seine tiefe Wunde am Oberschenkel gehandicapt, folgte er ihr humpelnd ins Wohnzimmer, wo er ihr seine Erkenntnis offenbarte.

„Aber dann sitzt doch vielleicht auch dieser Argentinier bei denen mit im Boot", kombinierte Gertrude.

Der Satz lag bedeutungsschwer in der Luft, und je länger die beiden darüber nachdachten, umso wahrscheinlicher schien er zu werden. Und noch ein weiterer Gedanke formte sich in Hectors

Gedankenwelt. Sein Chef wollte sich partout selbst um den Versicherungsfall *Dr. Reich* kümmern. Zufall oder hing der auch noch mit drin, fragte er sich folgerichtig. Gegenüber Gertrude erwähnte er seinen vagen Verdacht nicht.

„Somit haben wir jetzt drei Verdächtige: Dr. Reinhard, Pedro de la Villa und diesen Dr. Reich", resümierte Hector die Erkenntnis der letzten halben Stunde.

„Dieser Pedro de la Villa ist entweder in Argentinien oder in Hamburg, Dr. Reich sitzt im Landtag oder in seiner Frankfurter Wohnung und Dr. Reinhard in Bad Homburg. Alle drei können wir nicht beschatten. Wir müssen uns jetzt auf einen konzentrieren", folgerte die alte Dame schlussendlich.

„Dreh- und Angelpunkt ist Dr. Reinhard. Außerdem hat der ja auch die Sprechstundenhilfe getötet. In welche dunklen Geschäfte der mit dem Südamerikaner und Dr. Reich verwickelt ist, wissen wir nicht. Vielleicht haben die ihm geholfen, Yvonne Rechenbachs Leiche verschwinden zu lassen, oder die sind alle in internationalen Kunstraub verwickelt. Alles Vermutungen", brachte Hector den Gedankengang seiner Nachbarin zu Ende.

„Wäre es jetzt nicht an der Zeit, die Polizei mit ins Boot zu holen?" Gertrude schaute Hector mit gerunzelter Stirn an.

Hector biss sich auf die Unterlippe und die alte Dame spürte, wie es in seinem Gehirn brodelte.

Eigentlich hatte sie recht, fiel es ihm ein, doch jetzt waren sie schon so weit gekommen, dass er sich die Wurst nicht mehr vom Brot stehlen lassen wollte. Wie durch eine Nebelwand kämpften sich sein Gedanken durch die Vergangenheit, und mit einem Mal sah er sich in einer Klasse von Schülern sitzen und hörte, wie ihn der Lehrer fragte, was er denn später einmal werden wolle.

„Amerikanischer Detective", hatte er damals geantwortet.

Das mitleidsvolle Lächeln des Lehrers und die Lacher seiner Mitschüler gingen im wieder dichter werdenden Gedankennebel der Vergangenheit unter.

„Nein, das ist jetzt mein Fall!", sprach er knapp und klar die Antwort aus.

***

„Guten Tag, Frau Ostleben, mein Name ist Dieter Danner. Ich bin von der Kriminalpolizei. Meine Kollegin Frau Prechtlin und ich würden uns gern mit Ihrem Mann unterhalten", sprach der Hauptkommissar deutlich in das Mikrofon der Haussprechanlage. Einen Moment später summte der Türöffner und der Kommissar schob reaktionsschnell die schwere gläserne Eingangstür auf. Eilig liefen sie in die erste Etage. In der Wohnungstür stand schon Frau Ostleben und erwartete die beiden.

„Mein Mann wohnt aber nicht mehr hier, haben Sie das nicht gewusst?", empfing sie Danner und Prechtlin. „Aber kommen Sie doch herein." Sie winkte die beiden in ihre Wohnung und führte sie in den großen Wohn- und Essbereich. Was die Polizei mit ihr zu besprechen hatte, sollte wohl nicht jeder im Hause erfahren. In den nächsten Minuten erklärte der Hauptkommissar den Grund ihres Besuches, und warum sie Hector als Zeugen unbedingt sprechen mussten. Charlotte Ostleben fiel aus allen Wolken. Sichtlich irritiert und nervös bestätigte sie, dass sie von einer Vermissten Yvonne Rechenbach nichts wisse und ihr Mann nie darüber gesprochen habe. Auch der Besuch bei der Kriminalpolizei vor Weihnachten habe er mit keinem Wort erwähnt. Anschließend erzählte sie den beiden Kommissaren von Hectors Auszug schon vor Weihnachten sowie dem Unfall, und dass er aus dem Krankenhaus verschwunden sei.

„Vorgestern rief mich der behandelnde Arzt des Krankenhauses an und wollte wissen, wie es ihm geht."

Danner und Prechtlin schauten sich fragend an.

Warum floh ein Demenzkranker mit einer Schnittwunde im Oberschenkel und einem gebrochenen Schienbein aus dem Krankenhaus? Das erschloss sich ihnen nicht auf Anhieb.

Die Demenzerkrankung ihres Gatten erwähnte Charlotte Ostleben mit keinem Wort. Die Kommissare spürten, dass sie sich nicht wohl in ihrer Haut fühlte.

„Wo wohnt denn Ihr Mann jetzt?", versuchte die junge Kommissarin Frau Ostleben abzulenken. Ohne Kommentar eilte Ostlebens Frau aus dem Zimmer und kam Sekunden später mit einem Zettel zurück, auf dem sie mit zittriger Hand die neue Adresse ihres Mannes notiert hatte.

„Bitte grüßen Sie meinen Mann von mir und sagen Sie ihm, dass er sich unbedingt bei mir melden soll."

***

Wie so oft in den vergangenen Tagen bestiegen Gertrude und Hector ihren gemieteten Ford, um wie gewohnt Dr. Reinhard zu beschatten, als wenige Meter vor ihnen die beiden Kommissare Danner und Prechtlin ihren Dienstwagen in einer frei gewordenen Parklücke abstellten.

„Was wollen die denn hier?", entfuhr es Hector, der gleichzeitig Gertrude bat, den Wagen nicht zu starten und sich unauffällig zu verhalten, bis die Polizei außer Sichtweite sei.

„Jetzt starte schon und gib Gas. Ich habe keine Lust, mich mit der Polizei zu unterhalten", fuhr er die alte

Dame einen Augenblick später etwas zu forsch an. Die verstand allerdings seine Bedenken, setzte den Blinker und fuhr los.

***

Die Kommissare hatten kein Glück. Ihr Zeuge, der sich an nichts erinnern konnte, war nicht zu Hause.

Kurz bevor sie das Mietshaus wieder verließen, begegneten sie im Hausflur einem etwa vierzigjährigen Mann in einer blauen Daunenjacke. Offensichtlich ein Bewohner des Mietshauses.

„Entschuldigen Sie, haben Sie Herrn Ostleben heute schon gesehen?", fragte ihn Hauptkommissar Danner ansatzlos.

„Wer will das wissen?", entgegnete der Angesprochene reaktionsschnell, als habe er mit der Frage gerechnet.

Danner hielt ihm seinen Dienstausweis entgegen. „Hauptkommissar Dieter Danner will das wissen." „Entschuldigung, das konnte ich ja nicht ahnen, dass der von der Polizei gesucht wird", stammelte der Mann, indem er seine Hände mit den Handflächen nach oben hielt, um seiner Entschuldigung Nachdruck zu verleihen. „Die haben sie gerade verpasst", klärte er Danner auf, während er auf die Ausgangstür wies.

„Wieso die?"

„Der hängt doch immer mit seiner Nachbarin ab, der Stern. Die sind eben mit dem Wagen fortgefahren. Das machen die beiden fast jeden Abend. Zum Tanzen fahren die aber nicht, so wie der Ostleben humpelt."

„Kennen Sie zufällig das Autokennzeichen?", wollte die junge Kommissarin von ihm wissen.

„Nee, weiß ich nicht. Der fährt normalerweise einen alten weißen Golf mit Bad Homburger Kennzeichen. Aber ich glaube, den hat er geschrottet. Jetzt hat der so einen kleinen roten Ford, möglicherweise ein Kuga."

Die Kommissare ließen sich noch den Namen des auskunftsfreudigen Mannes geben, seine Adresse kannten sie ja und verließen eilig das Mehrfamilienhaus.

„Irgendwie habe ich kein gutes Gefühl", ließ die junge Kommissarin ihren Chef auf der Rückfahrt ins Büro wissen.

„Da könnten sie recht haben", pflichtete ihr Danner bei.

„Gleich am Montagmorgen knüpfen wir uns Herrn Ostleben vor. Jetzt beginnt erst einmal das Wochenende."

„Ich denke, so lange können wir nicht mehr warten", entgegnete die junge Kommissarin mit ernstem Ton.

15. Kapitel

Wenige Minuten, nachdem die letzte Patientin die Praxis verlassen hatte, verabschiedete sich Dr. Reinhard von seiner Sprechstundenhilfe Frau Tschenke: „Ein schönes Wochenende wünsche ich Ihnen. Ich mache heute früher Schluss."

„Ja, vielen Dank. Und Ihnen eine schöne Feier in Hamburg. Kommen Sie gesund wieder zurück", beeilte sie sich ihm hinterherzurufen, als Dr. Reinhard bereits seinen Mantel übergeworfen hatte und im Begriff war, die Praxis eilig zu verlassen.

Die Fahrt nach Hamburg hatte er für Samstag geplant, doch aus lauter Nervosität und mit dem Risiko, dass auf der Fahrt dorthin noch etwas schiefgehen könnte, hatte er sich entschlossen, bereits am Abend vorher zu fahren. Die Hotelbuchung erweiterte er daraufhin um einen Tag.

Seiner Frau begründete er seine vorgezogene Abreise mit einem erfundenen Spontan-Treffen ehemaliger Doktoranden bereits am Samstag. Zu Hause angekommen, packte er routiniert seinen kleinen Koffer, wobei er seinen dunklen Anzug inklusive Krawatte und die schwarzen Schuhe nicht vergaß, auch wenn er das alles nicht brauchen würde.

„Und mach mir in Hamburg keinen Unsinn", verabschiedete ihn seine Frau belustigt mit erhobenem Finger und süffisantem Lächeln.

„Ich bemühe mich, nicht aufzufallen", gab er aufrichtig zurück, bevor er seiner Frau zum Abschied noch einen gespielten Kuss zuwarf.

***

Vor dem Anwesen von Dr. Reinhard parkte im Halbschatten einer Ligusterhecke der rote Ford von Hector und Gertrude.

„Heute Abend wird sicherlich nichts mehr passieren", wandte sich Gertrude an ihren Beifahrer, der ihr durch ein leichtes Kopfnicken zustimmte.

„Ja, du hast bestimmt recht. Lass uns noch eine halbe Stunde warten, und dann kehren wir zurück."

Im selben Augenblick öffnete sich, leicht surrend, das große Schiebetor in Sichtweite und wenig später erschien der dunkle Geländewagen des Neurologen.

„Ungewöhnlich", kommentierte Hector die Szene, während Gertrude den kleinen Mietwagen startete und mit hundert Metern Abstand die Verfolgung aufnahm.

„Jetzt bin ich aber gespannt, wohin der um diese Uhrzeit noch fährt", entfuhr es der alten Dame, die mittlerweile wachsam ihre Brille zurechtgerückt hatte.

Den beiden Verfolgern wurde schnell klar, dass sich die Ausfahrt des Arztes nicht auf einen schnellen Tankstellenbesuch beschränkte, denn nach wenigen Minuten bog sein Geländewagen auf die Autobahnauffahrt Richtung Norden ein.

In den nächsten Stunden diktierte der starke Wochenendverkehr das Vorwärtskommen der beiden Wagen. Gertrude schaffte es, Dr. Reinhards Wagen mit unauffälligem Abstand zu folgen.

Bis Kassel lief der Verkehr nur mit neunzig Kilometern pro Stunde auf der A5 dahin. Hector und Gertrude rätselten lange, wohin sie die Verfolgungsfahrt führen würde. Nachdem sie allerdings Hannover passiert hatten, tippte Hector auf Hamburg und seine Fahrerin pflichtete ihm bei. Langsam fing Hectors Wunde an, zu schmerzen. Schmerzmittel hatte er nicht zur Hand, und so hieß es für ihn, die Zähne zusammenzubeißen. Gott sei Dank ließ ihn trotz der Anspannung seine Demenzerkrankung für den Augenblick in Ruhe. Die neuen Tabletten schienen seinem Körper gutzutun, sprach er sich Mut zu.

Hinter Hannover bog der Geländewagen des Arztes plötzlich von der Autobahn ab. Die Verfolger schauten sich fragend an und bezweifelten schon das mögliche Ziel Hamburg.

Dr. Reinhard schien unerkannt tanken zu wollen, und zog es vor, eine unscheinbare und nicht videoüberwachte Tankstelle aufzusuchen. Gertrude wartete unerkannt mit ihrem Wagen im Schatten einer Waschanlage. Sobald der Arzt die Rückfahrt zur Autobahn antrat, nutzte auch sie die Gelegenheit, eilig ihren Benzintank zu füllen. Sie fuhr schon auf Reserve.

Währenddessen wuchtete sich Hector aus dem Wagen und bewegte sein linkes schmerzendes Bein, um sich Linderung zu verschaffen. Mit quietschenden Reifen beeilte sich die alte Dame, die Verfolgung wieder aufzunehmen. Es dauerte eine Ewigkeit, bis die beiden den dunklen Wagen des Arztes auf der Autobahn in einiger Entfernung erkannten. Glücklicherweise fuhr er nur mit einer Geschwindigkeit von hundert Kilometer in der Stunde, ansonsten wäre die Verfolgung frühzeitig gescheitert. Mittlerweile hatte sich der Verkehr beruhigt und die beiden Wagen rollten auf der A7 der Hafenstadt Hamburg ohne Hast entgegen.

Kurz vor Mitternacht erreichten sie Hamburg. Die Straßen in der Innenstadt waren gespenstisch leer, nur vereinzelt querten Taxis und Privatwagen auf den hell erleuchteten Straßen ihre Fahrbahn, wenn sie an den großen Kreuzungen halten mussten, die von den abwechselnd rot, gelb und grün leuchtenden Ampeln farbenfroh illuminiert wurden.

Als aufmerksame Verfolgerin verstand es Gertrude, ausreichend Abstand zum Wagen von Dr. Reinhard zu wahren. Stellenweise nutzte sie auch eine Bushaltestelle, um nicht zu dicht auf den Verfolgten auffahren zu müssen.

***

Dr. Reinhard steuerte das Madison Hotel, unweit des Hamburger Hafens, an. Das Hotel hatte er mit Bedacht ausgewählt: 24-Stunden-Rezeption und eine sich im selben Haus befindliche Parkgarage ermöglichten ihm maximale Flexibilität und Mobilität.

Nach dem Check-in fuhr er mit dem Aufzug in den fünften Stock, öffnete sein Zimmer mit der elektronischen Chipkarte, stellte seinen Koffer ab und trat noch im Dunkeln an das große Fenster, das ihm einen majestätischen Blick auf den hell erleuchteten Hamburger Hafen bot. Von hier aus konnte man sogar einzelne Schiffe, die an den verschiedenen Kais festgezurrt lagen, deutlich erkennen. Das Vorschiff eines der Schiffe war hell erleuchtet und der Arzt erkannte Mitglieder der Schiffsbesatzung, die wie kleine Ameisen sich auf dem Deck bewegten und mithilfe von Kränen die Ladung löschten.

Hier irgendwo würde die Übergabe des Drogenpakets stattfinden, ließ er die zukünftige Szene vor seinem geistigen Auge entstehen, auch wenn er den genauen Übergabeort noch gar nicht kannte.

***

Mit einigem Abstand folgte Gertrude dem dunklen SUV in die Parkgarage des Madison-Hotels. Lange irrte sie umher, bis sie das abgestellte Fahrzeug des Arztes endlich fand und unweit davon einparkte.

Sichtlich erschöpft schaltete sie den Motor aus und nahm müde die Brille ab.

„Endlich, ich kann nicht mehr", sagte sie leise. Dabei sah sie Hector an, der zustimmend nickte.

„Mir geht es ähnlich, auch wenn ich nicht am Lenkrad saß. Du bist gefahren wie eine junge Göttin", zollte er ihrer langen Fahrt Respekt. „Das Beste wird sein, wir übernachten auch hier im Hotel. So können wir Dr. Reinhards Schritte genau beobachten und schnell reagieren."

Gertrude gab ihrem Beifahrer schlaftrunken recht. Anschließend checkten sie an der Rezeption ein und buchten zwei Einzelzimmer. Auf die Frage des Hotelangestellten nach dem fehlenden Reisegepäck log Hector, dass dies auf dem Flug nach Hamburg abhandengekommen sei. Am morgigen Samstag werde man sich in der Stadt notdürftig neu einkleiden müssen.

Ihre Einzelzimmer lagen im ersten Stock. Um nicht von Dr. Reinhard entdeckt zu werden, verabredeten sie sich zu einem zeitigen Frühstück, im hinteren Bereich des Restaurants.

***

Zurück im Büro entschied Hauptkommissar Danner, dass das dienstfreie Wochenende erst einmal warten müsse. Seine junge Kollegin jubilierte innerlich. Irgendwann änderte auch einmal ein Elefant seine Laufrichtung, kam es ihr schmunzelnd in den Sinn.

„Zuerst müssen wir Herrn Ostleben finden. Nicht, dass der wie Yvonne Rechenbach auch noch verschwindet. Dass wir nur die alte Adresse von ihm kannten, ist wirklich ein Fauxpas."

Seine Kollegin versuchte sich an einer Erklärung: „Als er bei uns im Amt war, überprüfte der Kollege am Empfang die Adresse auf dem Personalausweis. Niemand kam auf die Idee, dass er kurz vorher von zu Hause ausgezogen war, und umgemeldet hatte er sich auch bisher nicht."

„Seine Frau sprach von einem Unfall und einem Krankenhausaufenthalt, vielleicht erfahren wir dort etwas. Und überprüfen Sie doch auch noch diese Gertrude Stern, seine Nachbarin. Ich kümmere mich um den roten Ford Kuga, möglicherweise ein Mietwagen."

In den nächsten Stunden diktierten Online-Abfragen im Intranet der Polizei, mehrere Telefonate, sowohl mit Kollegen, dem Krankenhaus in Bad Homburg, als auch verschiedenen Mietwagenfirmen und viele ins Leere laufende Internet-Recherchen die Arbeit der beiden Kommissare.

„Ich habe soeben mit einem Oberarzt aus dem Krankenhaus gesprochen. Hector Ostleben wurde dort letzte Woche nach einem nächtlichen Unfall mit einem gebrochenen Schienbein und einer tiefen Fleischwunde am linken Oberschenkel eingewiesen. Neurologische Auffälligkeiten veranlassten den behandelnden Arzt, ihn in die Neurologie zu verlegen. Von dort ist er dann ausgebüxt. Man hätte anschließend die hiesige Polizei verständigt", fasste Kommissarin Prechtlin ihre handschriftlichen Notizen zusammen.

„Und was haben die Kollegen gesagt?", drängte Danner weiter.

„Zu dem Vorfall gibt es eine Protokollnotiz. Die Kollegen fühlten sich nicht verantwortlich, da der Patient von der Klinik wohl als nicht suizidgefährdet eingestuft worden war und keine Gefahr für die Öffentlichkeit darstellte. Dokumente des Gesundheitsamtes lagen auch nicht vor."

„Das heißt, die wollten ihn dabehalten." Danner kniff die Augen zusammen und überlegte kurz. „Dann wäre ich auch getürmt", ließ er seine Kollegin wissen.

„Kollegen der Streife waren jetzt mehrmals bei seiner neuen Adresse in Niederursel, haben ihn aber nicht angetroffen. Die Nachbarin, Frau Gertrude Stern, ist auch nicht vor Ort", ließ Prechtlin ihren Chef wissen. „Haben Sie bei den Mietwagenfirmen etwas erfahren?"

„In der Tat. Eine Frau Gertrude Stern hat letzte Woche einen roten Ford Kuga gemietet. Hier ist das Pkw-Kennzeichen", antwortete Danner, während er seiner Kollegin gleichzeitig den handgeschriebenen Zettel über den Schreibtisch reichte.

„Sollen wir die beiden zur Fahndung herausgeben?", erkundigte sie sich.

Danner überlegte. „Dafür gibt es momentan keinen ausreichenden Grund. Es bleibt an uns hängen, sie zu finden."

***

Hector und seine Begleitung waren die ersten Gäste des Hotels beim Frühstück. Sie gingen davon aus, dass Dr. Reinhard später frühstücken würde. Anschließend beobachteten sie, versteckt hinter einer mobilen Werbewand unweit der Lobby, den Empfangsbereich des Hotels. Gertrude bemerkte Dr.

Reinhard als Erste, als er sich nach dem Frühstück an der Rezeption nach einer Adresse erkundigte, und ihm die freundliche Hotelangestellte einen kleinen Stadtplan von einem Block abriss, auf dem sie zuvor mit ihrem Kugelschreiber ein kleines Kreuz gezeichnet hatte – den aktuellen Standort.

„Wir müssen aufpassen, dass er uns nicht entwischt", bemerkte Hector, nachdem der Arzt den Aufzug in Richtung seines Zimmers bestiegen hatte.

Kurze Zeit später verließ er das Hotel zu Fuß. Die beiden Hobbydetektive waren vorbereitet und konnten unbemerkt seine Verfolgung aufnehmen. Der Morgen am Hamburger Hafen zeigte sich von seiner schönsten Seite. Die Sonne warf ihre ersten warmen Vorfrühlingsstrahlen in die Häuserzeilen und die Klinkerfassaden, typisch für die alten Hafengebäude, erstrahlten in einem satten Rotton. Von manchen Stellen gab der Hafen eine Sicht auf romantische Stillleben frei, wie man sie von den einschlägigen Hafenbildern bekannter und unbekannter Maler her kannte.

„Vielleicht findet heute die Übergabe des Paketes statt", gab Gertrude zu bedenken.

„Das kann ich mir nicht vorstellen. Falls es ein größeres Paket ist, kann er das zu Fuß überhaupt nicht transportieren. Außerdem passiert die Übergabe bestimmt nicht hier in der Öffentlichkeit", erwiderte Hector, während er mit seiner rechten Hand eine ausladende Bewegung vollführte.

Dr. Reinhard unternahm in den nächsten Stunden eine Besichtigung des nahegelegenen Hafengebietes mit seiner weltbekannten Speicherstadt, seinen verbindenden Brücken und geheimnisvollen Fleeten. Auf seiner Tour besuchte er auch ein Museumsschiff und die architektonisch außergewöhnliche Elbphilharmonie. Gertrude fiel auf, dass er mit seinem Smartphone keine Bilder machte. Hector vermutete, dass er keine Spuren von seinem Besuch in Hamburg hinterlassen wollte. Gertrude pflichtete ihm bei.

„Das heißt, wir können davon ausgehen, dass an diesem Wochenende etwas passiert."

„Das sehe ich auch so. Dr. Reinhard hat hier studiert und dieser Pedro de la Villa wird als Kunsthändler auch schon etliche Male in seiner Hamburger Dependance gewesen sein. Vielleicht werden seine Kunstgegenstände, mit denen er gehandelt hat, hier im Hamburger Hafen angelandet", knüpfte er seinen Gedanken zu Ende.

***

Hectors Krankheit, seine Flucht von zu Hause, der Unfall und jetzt auch noch die Polizei – Charlotte dachte intensiv über die letzten Wochen nach. Nein, sie fühlte sich nicht wohl in ihrer Haut. Sie hatte ihr Wohlergehen über das ihres Mannes gestellt!

Dabei kam ihr Verhalten nicht von ungefähr. Ihre Mutter hatte über fünf Jahre den Vater zu Hause gepflegt. Mit Anfang fünfzig diagnostizierten die Ärzte bei ihm eine aggressive Form von Multipler Sklerose. Charlottes Mutter kümmerte sich liebevoll um ihren Mann. Mit fortschreitender Routine bekam sie die Pflege gut in den Griff und das Familienleben litt wenig unter der Krankheit des Vaters und Ehemannes. Charlotte lebte zu dieser Zeit noch im Elternhaus und half, wo sie konnte. Doch nach zwei Jahren verschlechterte sich der Zustand ihres Vaters zusehends und Charlottes Mutter rieb sich von Monat zu Monat mehr auf.

Eine Unterbringung im Heim oder eine professionelle Hilfe war durch die kleine Erwerbsminderungsrente und die spärlichen Rücklagen einfach nicht möglich. Gott sei Dank war die Eigentumswohnung abbezahlt, sodass die Familie nicht ausziehen musste. Die Physis des Vaters zerfiel von Jahr zu Jahr immer mehr.

Mit achtundfünfzig starb er viel zu früh und wurde so von seinem Siechtum erlöst. Der Lebenswille der Mutter war zerstört. Sie war vom Leben enttäuscht worden. Zwei Jahre später starb auch sie. Am Broken-Heart-Syndrom, da war sich Charlotte sicher.

Einige Jahre vorher, nach Bestehen der ersten juristischen Staatsprüfung, war sie von zu Hause ausgezogen. Sie war sich damals sicher gewesen, dass sie ihre Mutter alleine lassen konnte. Wegen ihrer Referendariatszeit am Landgericht Frankfurt hatte sie sich für eine kleine Wohnung in der Nähe der Innenstadt entschieden.

Die Krankheit ihres Vaters, die damit verbundene Zerstörung ihrer Mutter und letztlich auch der Familie stürzten Charlotte in eine tiefe Sinnkrise. Eine Partnerschaft, verbunden mit der Gründung einer Familie inklusive Kindern, kam für sie nicht mehr in Betracht. Sie wollte nicht wie ihre Mutter vom Leben, der Ehe, dem Partner oder der Familie enttäuscht werden. Dieses Schicksal wollte sie sich ersparen.

Mit Hector lernte sie nach Jahren des Singledaseins einen Mann kennen, der sie liebte, ihr auf Augenhöhe begegnete und sie, wie sie war, respektierte. Einer ehe- und kinderlosen Partnerschaft stand er offen gegenüber, insbesondere nachdem sie ihm von dem Zerfall ihrer Familie unter Tränen berichtet hatte.

Dass sie Hector damals begegnete, war ein glücklicher Zufall gewesen. Charlotte musste in einer Strafsache krankheitsbedingt eine Staatsanwältin vertreten. Im Rahmen eines Hausbrandes vermutete die Staatsanwaltschaft einen Versicherungsbetrug. Als Vertreter der infrage kommenden Versicherung erschien Hector Ostleben im Verhandlungsraum 10 des Landgerichts. Er fiel ihr auf, weil er schließlich durch entscheidende Hinweise half, den Betrug aufzuklären. Nach der Gerichtsverhandlung lud er sie spontan zum Mittagessen ein. Anschließend verloren sie sich aus den Augen. Charlottes zögerlicher Haltung einer stürmischen Beziehung gegenüber war sicherlich der Hauptgrund. Aber ein neuerlicher Zufall brachte sie schlussendlich zusammen. Zum Ende ihres Referendariats in einer Anwaltskanzlei in Bad Homburg begegneten sie sich bei der Besichtigung einer Zweizimmerwohnung, für die sie sich beide interessierten, wieder. Dieses Mal lud Charlotte Hector zum Abendessen ein. Das war der Beginn ihrer Liebe und ihrer Partnerschaft. Nach einem Jahr heirateten sie.

  Das ist jetzt schon über zwanzig Jahre her, riss sich Charlotte aus der Vergangenheit. Sie überfiel ein Anflug von Zweifel, ob sie ihren Hector noch einmal würde zurückgewinnen können. Bestimmt nicht, wenn sie hier herumsaß und sich an der Vergangenheit festhielt und versuchte, ihr Fehlverhalten zu rechtfertigen und zu entschuldigen. Sie stand hier schließlich nicht im Gericht und musste nach Recht und Ordnung eine Entscheidung treffen. Nein, hier ging es um die Liebe und da hatte Recht und Ordnung nichts verloren. Sie musste auf ihr Herz und ihre Gefühle hören, brachte sie es auf den Punkt. Kurz darauf nahm sie ihr Handy in die Hand und wählte Hectors Nummer.

16. Kapitel

Am Nachmittag des ersten Tages im Hotel beobachteten Hector und Gertrude, wie Dr. Reinhard den Aufzug betrat und in den fünften Stock fuhr. Abends aß er im hoteleigenen Restaurant, trank an der Bar noch einen Whiskey und entschwand nach einem kurzen Spaziergang wieder in sein Zimmer. Hector hatte die Beschattung des Arztes für den Abend übernommen. Er war sich jedoch sicher, dass es heute nicht mehr zu der Übergabe des geheimnisvollen Paketes kommen würde. Dr. Reinhard schien ihm einfach zu entspannt, kein bisschen nervös. Das laute Klingeln seines Handys hätte Hector beinahe verraten, als er den Arzt bei seinem kurzen abendlichen Ausflug verfolgte. Im letzten Augenblick konnte er sich hinter einem Bauzaun verstecken und den unerwarteten Anrufer wegdrücken. Im selben Moment spürte er, wie eine unerwartete Sprechblockade wieder begann, Besitz von ihm zu ergreifen. Auch seine Hände und Arme wurden gefühllos und erste Zuckungen durchströmten sie. Um sich zu beruhigen und nicht aufzufallen, begab er sich hinter dem Zaun in die Hocke und pumpte kraftvoll kalte Abendluft in seine Lunge. Sein Zustand verbesserte sich. Mit zittrigen Fingern fischte er seine Tabletten aus seiner Manteltasche, drückte gleich zwei der rosa Pillen aus der namenlosen Blisterverpackung, die er von Dr. Reinhard erst vor wenigen Tagen erhalten hatte, und würgte sie trocken herunter. Nach einigen Minuten war der Anfall verschwunden. Zurück blieb das ohnmächtige Gefühl, einem Feind ausgeliefert zu sein, den man nicht besiegen konnte. Wie hieß es so schön: Feinde, die du nicht besiegen kannst, musst du zu deinen Freunden machen!

Hector war sich unsicher, ob er dafür die Kraft aufbringen würde.

Als er zurück in seinem Zimmer war, schaute er neugierig nach, welcher Anrufer ihn beinahe verraten hätte. Charlotte hatte versucht, ihn zu erreichen. Er war überrascht, entschloss sich aber, nicht zurückzurufen. Je weniger sie wusste und je weniger er lügen musste, umso besser, fand er schnell eine Entschuldigung.

***

Nach einer kurzen Nacht trafen sich beide Kommissare am Sonntagmorgen wieder in ihrem

Büro in Bad Homburg und standen nun gemeinsam an einer großen weißen Magnettafel.

Die junge Kommissarin hatte in den beiden letzten Tagen angefangen, alle Fakten, Zeugenaussagen, die wenigen Indizien und Erkenntnisse zum Fall der vermissten Yvonne Rechenbach hier in Form von Bildern, Notizzetteln und Karten zu sammeln. Mithilfe von roten und blauen Linien hatte sie versucht, Abhängigkeiten und mögliche Bezüge sichtbar zu machen. Eigentlich hielt Hauptkommissar Danner von solcherlei Praktiken nicht viel. Im vorliegenden Fall allerdings, mit Dutzenden losen Enden, vermochte eine solche Darstellung vielleicht Licht ins Dunkel zu bringen. Aus dem Küken wurde unter Umständen doch noch ein Huhn, kam es ihm in den Sinn.

„Ich glaube, Hector Ostleben ist in Gefahr", begann Kommissarin Prechtlin das Gespräch mit ihrem Vorgesetzten, während sie gleichzeitig auf ein Bild Hectors zeigte, das sie ausgedruckt hatte.

„Aber was hat das mit dem Fall der vermissten Yvonne Rechenbach zu tun?", konterte Danner sogleich.

„Das weiß ich auch nicht. Aber er wollte uns zu dem Fall etwas mitteilen, brachte es jedoch aufgrund seiner Krankheit nicht über seine Lippen. Und nun ist er verschwunden und wir kennen seinen

Aufenthaltsort nicht. Dass er einen Unfall hatte, verwundet und aus dem Krankenhaus getürmt ist, macht die Sache nicht besser."

„Was wissen wir denn von diesem Dr. Reinhard, bei dem Yvonne Rechenbach in der Praxis arbeitete? Hector Ostleben war doch sein Patient, vielleicht weiß der ja, wo sich Herr Ostleben aufhält.

Ich schlage vor, dass wir ihn am heiligen Sonntag einmal besuchen."

Rebecca Prechtlin nickte kurz, griff sich die Autoschlüssel vom Schreibtisch und schlüpfte in ihre warme Winterjacke. Hauptkommissar Danner hatte Mühe, sie auf dem langen Flur einzuholen. „Sie haben es ja eilig", keuchte er kurzatmig.

„Nur der frühe Vogel frisst den Wurm", erwiderte sie mit dem Anflug eines Lächelns auf ihren Lippen.

Nach einer kurzen Autofahrt erreichten die beiden Kommissare Dr. Reinhards Villa. Susanne Reinhard wirkte überrascht, als sie die beiden Beamten an der Haustür willkommen hieß. Nach einer kurzen Begrüßung bat sie die beiden ins Wohnzimmer. Mit ihrem leichten Rollstuhl fuhr sie voran.

„Nein, mein Mann ist nicht zu Hause", antwortete sie wahrheitsgemäß, als sie die junge Polizistin bat, mit ihrem Ehemann sprechen zu dürfen.

„Er ist in Hamburg. Sein Doktorvater und Leiter der Neuroanatomie der Universitätsklinik wird am Montag im Rahmen einer Feier verabschiedet. Abends sollte er wieder hier sein. Kann ich Ihnen vielleicht weiterhelfen?"

Sie versuchte offensichtlich, die beiden Kommissare für sich zu gewinnen. Danner winkte ab und signalisierte seiner Kollegin, den Besuch abzubrechen.

„Haben Sie gewusst, dass Dr. Reinhards Frau im Rollstuhl sitzt?", fragte er ein wenig vorwurfsvoll seine Kollegin auf dem Rückweg zu ihrem Dienstwagen.

„Nein, woher auch. Als Yvonne Rechenbachs Arbeitgeber haben wir ihn immer in seiner Praxis befragt, so wie auch seine Assistentin Frau Tschenke."

Oberflächlich war ihre Antwort korrekt, doch zielte seine Frage in eine andere Richtung: Cherchez la femme!

„Ich glaube, wir müssen nach Hamburg", überraschte er die Kommissarin. „Unterwegs erkläre ich Ihnen, warum."

Kam jetzt endlich Bewegung in den Fall, war Rebecca Prechtlins erster Gedanke.

Wenige Minuten später bogen die beiden Kommissare auf die Autobahn in Richtung Norden ein.

***

Nach dem Frühstück folgten Hector und Gertrude Dr. Reinhard bis zu einem Mietwagenverleih und beobachteten, wie er wenig später den Hof der Verleihfirma mit einem grauen Transporter, so wie ihn auch Handwerker benutzen, wieder verließ und zum Hotel zurückkehrte.

„Ich denke, heute Abend wird die Übergabe des Pakets erfolgen", informierte er seine Begleiterin in verschwörerischem Ton.

Plötzlich war er sich der möglichen Gefahr bewusst, in die er sich und insbesondere Gertrude bringen könnte. Jetzt war noch Zeit, sich vom Acker zu machen, redete er sich ein. Vergebens!

Bis zum Abend versuchte er noch, Gertrude davon abzuhalten, ihn bei der nächtlichen Beobachtung des Arztes zu begleiten.

Leichte Sprachhemmungen überfielen ihn dabei, von denen Gertrude jedoch nichts bemerkte.

„Ah, jetzt, wo es wirklich spannend wird, soll ich hier warten und mir Sorgen machen. Das kannst du dir abschminken", schmetterte sie seine Versuche ab.

„Außerdem muss ich auf dich aufpassen. Denk nur

einmal daran, was passiert, wenn du wieder einen Aussetzer hast? Du siehst, ich muss einfach mit."

Damit war für sie das Thema vom Tisch.

***

„Treffen Chicagokai, 20.00 Uhr", vernahm Dr. Reinhard eine raue fremdländisch klingende Stimme am anderen Ende der Verbindung, die sich weder vorstellte noch einen vollständigen Satz aussprach. Mehr wurde nicht gesagt.

Lange hatte er in seinem Zimmer auf den Anruf gewartet. Die Dämmerung setzte bereits ein und es versprach ein aufregender Abend zu werdeb.

Dr. Reinhard schaute hektisch auf seine Uhr. „Noch knapp eine Stunde." Er versuchte, einen klaren Kopf zu behalten. Das Navigationsprogramm seines Handys zeigte ihm für die Fahrt in den nächtlichen Hafen zwölf Minuten an.

„Nur gut, dass ich bereits alles vorbereitet habe", sprach er sich Mut zu, während er seine Winterjacke überzog und sein Hotelzimmer mit eiligen Schritten in Richtung Parkgarage verließ.

Wenige Minuten später nahm ein roter Kleinwagen mit sicherem Abstand die Verfolgung eines grauen Transporters auf.

Dr. Reinhard bemerkte davon nichts, zu sehr konzentrierte er sich auf die stereotyp klingende

Stimme seines Handys, die ihn unbeirrt zum nächtlichen Ziel navigierte.

***

Danner und seine Kollegin nutzten die Raststätte Allertal West, um ihren Wagen aufzutanken und mit einem Schnellimbiss ihren Hunger und Durst zu stillen. Währenddessen versuchte die junge Polizistin im Internet, in Hamburg eine passende Übernachtungsmöglichkeit zu finden.

„Von unserer kleinen Spritztour hier weiß auf der Dienststelle keiner etwas. Wenn wir nicht mit verwertbaren Aussagen oder Indizien zurückkehren, bekomme ich Ärger", stellte Danner fest.

„Ja, das kann ich mir vorstellen. Die Chancen dafür stehen nicht gerade günstig", entgegnete sie, nachdem sie das letzte Stück ihres Burgers heruntergeschluckt hatte. „Hätten wir nicht die Hamburger Kollegen bitten können, Dr. Reinhard aufzuspüren?"

„Im Prinzip schon, aber erstens hätten wir da heute keinen Verantwortlichen so schnell ans Telefon bekommen, und zweitens hätten die uns auf irgendwann einmal vertröstet. Ähnlich wie wir, pfeifen die auch auf dem letzten Loch und lassen bestimmt nicht alles stehen und liegen, nur weil zwei hessische Kommissare nach einem Arzt und seinem Patienten forschen."

„Aber mit deren Hilfe könnten wir wenigstens ausfindig machen, wo Dr. Reinhard abgestiegen ist." Der Hauptkommissar überlegte kurz. „Okay, versuchen Sie ihr Glück. Vielleicht erreichen Sie jemanden von den Kollegen, der uns bei Dr. Reinhards Aufenthaltsort helfen kann. Ich übernehme jetzt und fahre den Rest bis Hamburg. Am Montag sollten wir ihn ja spätestens bei der Abschiedsfeier seines Doktorvaters treffen."

***

Langsam fuhr der graue Transporter den spärlich erleuchteten Kai von Westen kommend an. Zur Rechten bildete die Elbe die natürliche Grenze und zur Linken blickte man auf eine nicht enden wollende Baustelle, die von unzähligen Kränen, verlassenen Baubaracken und grauen Betonklötzen dominiert wurde. *Hier baut die HafenCity ein Cruise Center*, las Dr. Reinhard auf einem großen Schild, das von einem einsamen Baustrahler beleuchtet wurde.

Dr. Reinhard fuhr jetzt nur noch Schritttempo. Aus der gespenstisch wirkenden Szene aufleuchtende Scheinwerfer signalisierten ihm, dass er sein Ziel nun endgültig erreicht hatte.

***

Hector hatte instinktiv seine Scheinwerfer ausgeschaltet und den Mietwagen an der Seite ausrollen lassen, als der graue Transporter vor ihm sich dem Chicagokai näherte und seine Geschwindigkeit verlangsamte.

„Ich verfolge den Wagen jetzt zu Fuß. Du bleibst hier sitzen", wies Hector seine Komplizin flüsternd an. Gertrude nickte. Er sah förmlich die Angst in ihren Augen. Auch ihm war das Ganze nicht geheuer, aber jetzt gab es kein Zurück mehr.

Im Schatten der nach Sand, Zement und feuchtem Holz riechenden Großbaustelle folgte er dem langsam fahrenden Transporter, bis der schließlich einige Meter vor ihm hielt. Hinter einem Stapel von Holzpaletten duckte er sich und beobachtete die Szene. Plötzlich erhielt er einen Schlag und im selben Augenblick durchzuckte ein stechender Schmerz seinen Kopf. Sein letzter Gedanke galt Gertrude, die im Wagen auf in wartete.

Mit einem kraftlosen und abgewürgten Hilfeschrei, der mehr einem Stöhnen glich, fiel er in ein schwarzes Loch.

War es das jetzt?

***

Danner schaute auf die kleine Displayuhr seines Dienstwagens. 20.06 Uhr signalisierten ihm die Leuchtziffern. Noch eine halbe Stunde, dann würden sie endlich Hamburg erreichen. Er hasste lange Autofahrten. Je länger die Fahrt dauerte, umso mehr bereitete ihm sein rechter Gesäßmuskel Schmerzen.

In seinem Alter sollte er mehr Sport treiben, fiel es ihm zum wiederholten Male ein.

Das Handy seiner Beifahrerin klingelte, die das Gespräch sofort annahm.

„Ja, genau, das müsste er sein", vernahm er ihre kurze Antwort nach einer kleinen Pause. „Senden Sie mir doch bitte die Adresse zu. Und danke noch für die schnelle Hilfe", beendete sie anschließend das Telefonat. Wenige Sekunden später meldete der Posteingang ihres Handys die gewünschte Information.

„Dr. Reinhard hat vorgestern im Hotel *The Madison* in der Nähe der Elbphilharmonie eingecheckt. Er bleibt bis Montag", beantwortete die Kommissarin, die bisher nicht gestellte Frage ihres Chefs.

„Wir sollten gleich dorthin fahren und ihn beobachten", äußerte er seinen ersten Gedanken, während er trotz Gesäßschmerzen das Gaspedal bis zum Anschlag niederdrückte und den Wagen beschleunigte. Hoffentlich haben wir nicht aufs falsche Pferd gesetzt, fiel ihm eine seiner typischen Floskeln ein.

17. Kapitel

Hector erwachte mit rasenden Kopfschmerzen und Schmerzen in seinem linken Oberschenkel. Er wollte sich umsehen, aber um ihn herum war alles schwarz. Vorsichtig fasste er sich an die Stelle am Hinterkopf, die wohl Auslöser der Kopfschmerzen war, und ertastete eine blutverkrustete und pochende Wunde. Wo war er und was war passiert, versuchte er seine Situation zu begreifen. Ein intensiver Geruch von Zement stach ihm in die Nase. Ihm war kalt und er saß offensichtlich auf einem staubigen Boden, angelehnt an eine harte metallische Wand. Da er sein rechtes Bein nicht voll belasten konnte, winkelte er stattdessen sein linkes Bein an, stemmte sich mit ganzer Kraft gegen die Wand und schaffte es so in eine aufrechte Position. Wenige Meter von ihm entfernt, hörte er ein leises Wimmern und Schniefen.

„Hallo, ist da jemand?", fragte er vorsichtig in den dunklen Raum.

Nach einer kurzen Pause meldete sich eine ihm vertraute Stimme: „Ja, ich bin es, Gertrude. Wir sind hier in einem Container eingeschlossen und mir ist bitterkalt", ließ sie Hector wissen. Langsam tastete er sich an der Wand entlang in Richtung der Stimme, bis er auf die alte Dame stieß und sie vorsichtig in seine Arme schloss. Für einige Zeit standen sie so in der alles verschluckenden Dunkelheit und für einen Moment sog jeder das bisschen Wärme des anderen auf.

In den folgenden Minuten erzählte die alte Dame Hector in knappen Sätzen die Geschehnisse, die sie in diese missliche Lage katapultiert hatten. Nachdem er Gertrude verlassen hatte, um den grauen Transporter zu Fuß zu verfolgen, wurde plötzlich die Autotür aufgerissen und ein dunkel gekleideter Zwei-Meter-Mann drückte ihr einen stinkenden Lappen auf Mund und Nase, der wahrscheinlich mit Äther getränkt war, und zog sie aus dem Wagen. In Sekundenbruchteilen war sie betäubt gewesen und konnte sich im Nachhinein an nichts mehr erinnern. Mit brummendem Schädel war sie hier im Container wieder aufgewacht. Erst dachte sie, dass sie alleine sei und fürchtete sich sehr. Dann vernahm sie leises Stöhnen und vermutete, dass er, Hector, es sei. Wer sie in die missliche Lage gebracht hatte und warum, wusste die alte Dame nicht.

„Dr. Reinhard kann es nicht gewesen sein. Der saß natürlich da noch in seinem Transporter. Vermutlich wollte sein Partner keine Zeugen bei der Paketübergabe. Und wir waren so naiv und dachten, die Übergabe beobachten zu können. Herrlich!", versuchte Hector eine sarkastische Note in seine Kurzanalyse zu legen.

„Wenn man alle Fakten, die wir kennen, zusammen betrachtet, kann es sich eigentlich nur um ein Drogengeschäft handeln, dessen Augenzeugen wir beinahe geworden wären", stellte Gertrude in einem sachlichen Ton fest. Auch wenn sie Hector nicht sah, konnte sie sein Nicken spüren.

„Aber wie kommen wir hier jetzt raus?"

Die beiden Eingesperrten hielten sich immer noch an den Händen und spürten den feuchten, warmen Atem des Gegenübers.

„Wenn wir hier überhaupt herauskommen können", antwortete Hector sorgenvoll und bereute seine negative Antwort sofort. Er sollte die alte Dame nicht unnötig aufregen. Deshalb ruderte er umgehend verbal zurück: „Aber eine Lösung gibt es immer."

Mit sanftem Druck befreite er sich von Gertrudes Händen.

„Was hast du vor?"

„Ich erkunde den Container. Vielleicht finde ich etwas Verwertbares", antwortete Hector, während er sich mit vorsichtigen und leicht humpelnden Schritten von seiner Nachbarin entfernte.

Mit einer Hand an der kalten Wand und Schritt für Schritt tastete er sich in der kompletten Dunkelheit vorwärts. Je tiefer er in den metallenen Hohlkörper eindrang, umso mehr verstärkte sich das Echo seines schlurfenden Ganges.

Nach einer kleinen Ewigkeit erreichte er wieder seinen Ausgangspunkt und hielt mehrere kurze Holzlatten und größere Pappstücke in den Händen.

„Die habe ich unterwegs gefunden. Sozusagen als Sitzgelegenheiten, damit wir nicht ununterbrochen stehen müssen. Außerdem habe ich am Ende des Containers einen kleinen elektrischen Lüfter entdeckt. Die einzige Verbindung zur Außenwelt." Seine Worte klangen deprimierend und wenig hoffnungsvoll.

„Somit ersticken wir nicht, sondern erfrieren oder verdursten nur", versuchte ihn seine Begleitung mit gespielter Ironie aufzubauen.

Sofort spürte Hector, dass die alte Dame zu weit gegangen war, denn ihn überfiel eine seiner Attacken. Krampfhaft versuchte er zu antworten, doch kein Wort verließ seinen Mund.

Es kam nur ein heiseres Röcheln heraus. Seine zappelnden und wie wild herumfliegenden Arme und Hände konnte seine Nachbarin nicht sehen, doch verursachten die Bewegungen spürbare Luftwirbel, die ihr offensichtlich Angst bereiteten. Reaktionsschnell versuchte sie, seine Arme einzufangen, was ihr erst im zweiten Anlauf gelang. Anschließend zog sie ihn fest zu sich und forderte ihn eindringlich auf, kräftig und stetig durch die Nase ein- und den Mund auszuatmen. Nach kurzer Zeit beruhigten sich Hectors Sinne und er wurde langsam wieder Herr seines Körpers und seiner Stimme. Gab es für ihn überhaupt noch ein Entrinnen, fragte er sich. Ob er nun hier draufging oder in einigen Jahren verblödete, spielte doch eigentlich keine Rolle.

Das Schicksal schien mal wieder nur den Sieger zu hofieren!

***

Kommissarin Prechtlin war die Erste, die Dr. Reinhard sah, als er aus dem Aufzug stieg und zur Rezeption ging, um seinen Zimmerschlüssel abzugeben. Ihr fiel als Erstes seine dunkle Kleidung auf. Beide Kommissare beobachteten ihn aus sicherer Entfernung, ohne von ihm entdeckt zu werden.

Der Arzt nickte kurz und ging in Richtung der Hotelbar, als ihm die freundliche Rezeptionistin lautstark hinterherrief: „Hallo, Herr Reinhard, Sie haben hier Ihre Rechnung von der Mietwagenfirma liegen gelassen!"

Sofort machte der Angesprochene kehrt, eilte mit schnellen Schritten zur Rezeption und riss der Hotelangestellten mit frostigem Blick das Dokument aus der Hand.

Die beiden Kommissare hatten die Worte der jungen Frau gut verstanden und schauten sich erstaunt an.

Danner fasste als Erster sein Erstaunen in Worte: „Wieso benötigt der hier einen Mietwagen? Ich dachte, der ist morgen auf die Abschiedsfeier seines Doktorvaters eingeladen?"

„Wir sollten gleich morgen früh herausfinden, wo er damit unterwegs war", entgegnete seine Kollegin.

***

Mit dem zweiten Whiskey, der seine Kehle befeuerte, vergaß er den Fauxpas an der Rezeption und seine Anspannung fiel fühlbar von ihm ab. Er hatte, was er wollte, und konnte sich endlich aus seinem eintönigen Leben verabschieden. In der nächsten Woche würde er das Kokain nach Holland verkaufen. Dann hatte er für den Rest des Lebens ausgesorgt. Nur gut, dass sich die Geschäftspartner um den Verfolger gekümmert hatten, wer auch immer es gewesen war.

Vielleicht erfuhr er etwas zu dessen Identität, wenn er Pedro in Buenos Aires traf. Er beendete den kurzen Abstecher an die Bar und mit einem zufriedenen Lächeln betrat er den Aufzug.

***

Mit der aufgehenden Sonne gelangte über die Öffnung des kleinen Ventilators ein Streifen Licht in den Container. Hector und seine Begleitung sahen den spärlichen Lichteinfall von ihren unbequemen Sitzgelegenheiten aus. An durchgehenden Schlaf war für beide nicht zu denken gewesen. Zu kalt, zu hungrig, zu durstig und zu viel Angst, wie sie die kommenden Tage überleben sollten.

Hector war sich ihrer ausweglosen Situation durchaus bewusst.

Vermutlich waren sie in einem der Abertausenden leeren Container eingesperrt, der irgendwo im Hamburger Hafen auf seinen nächsten Frachteinsatz wartete. Spätestens an seinem Einsatzort in Asien, Afrika oder Südamerika kämen ihre Leichen zum Vorschein. Und falls der Entdecker der leblosen Körper unnötigem Ärger aus dem Weg gehen wollte, verscharrte er sie irgendwo in der Wüste oder im Urwald. Aus. Basta. Ende.

So hatte er sich seinen Abgang aber nicht vorgestellt, regte sich Widerstand in seinen Gedanken. Außerdem galt es noch einen Fall zu klären. Diesem Dr. Reinhard musste eine gerechte Strafe widerfahren. Der Mord an Yvonne Rechenbach musste aufdeckt werden!

Hector redete sich immer mehr in Rage. Schließlich sprang er auf, schnappte sich eine der langen Holzlatten und schlug damit auf der Containerwand seinen ganzen Frust von der Seele. Klong! Klong! Klong! Klong! Er hörte gar nicht mehr auf. Geschockt von dem ohrenbetäubenden Lärm im Inneren des Containers fuhr Gertrude in ihrem Halbschlaf zusammen. Sie hielt sich die Ohren zu. War das ein Versuch, andere in der Nähe ihres Containers auf ihre lebensbedrohliche Lage aufmerksam zu machen, kam es ihr unmittelbar in den Sinn. Schnell griff sie sich auch eine der Holzlatten und tat es Hector gleich. Klong-Klong! Klong-Klong! Klong-Klong! Klong-Klong! Beide droschen nun vehement mit ihren Latten auf die Containerwand ein. Nassgeschwitzt und ausgepowert ließ Hector schließlich ab von seinem Lärm-Stakkato. Müde, verzweifelt und mit Tränen in den Augen warf er seinen mittlerweile arg malträtierten Schlagstock in die Mitte des Containers. Gertrude versuchte noch einige Schläge, bevor auch bei ihr die Kräfte nachließen und sie sich erschöpft wieder hinsetzte. Eben noch wurden ihre Ohren von dem dumpfen metallenen Lärm betäubt, doch jetzt verschluckte die staubige Stille ihren letzten Mut.

***

Nachdem Hauptkommissar Danner dem Mitarbeiter der Mietwagenfirma seinen Dienstausweis vor die Nase gehalten und seine Kollegin es ihm gleichgetan hatte, rückte der Mann mit der roten Schildmütze und dem weißen Polohemd, auf dem das Logo der Mietwagenfirma aufgedruckt stand, endlich mit den Informationen zum Mieter Dr. Reinhard heraus. Die Rezeptionistin des Hotels hatte sich an den Namen der Mietwagenfirma erinnern können.

Der graue Transporter stand noch auf dem Hof und wurde sogleich untersucht. Die beiden Kommissare, präpariert mit blauen Silikonhandschuhen, entdeckten bei ihrer ersten oberflächlichen Untersuchung keine Auffälligkeiten. Danner wies den Angestellten an, den Wagen nicht mehr weiterzuvermieten und ihn auf keinen Fall mehr zu benutzen.

„Kollegen der KTU werden den Wagen nach Spuren untersuchen", schüchterte Danner den Mitarbeiter, dem mittlerweile seine Schirmmütze in den Nacken gerutscht war, ein.

Sie waren gerade dabei, den Hof der Mietwagenfirma wieder zu verlassen, als der junge Mann sie noch einmal zu sich heranwinkte.

„Ich weiß natürlich nicht, ob es Ihnen hilft, aber alle unsere Fahrzeuge sind seit Anfang des Jahres mit Trackern ausgestattet. In erster Linie wegen der Versicherung. Ich kann Ihnen den Tracker von der Zentrale auslesen lassen, und sie können sich das Fahrprofil mit Zeit, Ort und Geschwindigkeit des letzten Mieters anschauen."

Beide Kommissare schauten den jungen Mann mit großen Augen an.

„Und ob uns das hilft! Sie werden bestimmt Mitarbeiter des Monats", sagte Danner schmunzelnd und klopfte ihm anerkennend auf die Schulter.

Kurze Zeit später hielten sie den Ausdruck mit allen Navigationsdaten des grauen Transporters in den Händen.

Danners Handy klingelte. Frau Ostleben war am anderen Ende.

Sie versuche schon seit drei Tagen, ihren Mann zu erreichen. Auch in seiner Wohnung in Niederursel wäre er nicht, seine Nachbarin habe sie auch nicht angetroffen. Er sei wie vom Erdboden verschluckt, klagte sie ihm ihr Leid.

Der Hauptkommissar versuchte sie zu beruhigen, indem er ihr versicherte, dass er mit seiner Kollegin bereits nach ihm suche. Sobald sie ihn gefunden hätten, würde er sich sofort bei ihr melden, versicherte er ihr nachdrücklich.

„Den Ostleben und seine Nachbarin haben wir vollkommen vergessen", wandte er sich vorwurfsvoll nach dem Telefonat an seine junge Begleiterin.

„Dr. Reinhard in Hamburg, ein verdächtiger Mietwagen und sein Patient Herr Ostleben mit seiner Nachbarin spurlos verschwunden – das kann doch kein Zufall sein", sprach Prechtlin laut aus, was sie gerade dachte.

Ihr Chef nahm ihren Gedanken auf und …

***

Nach dem Frühstück packte Dr. Reinhard seinen kleinen Koffer, in dem sein dunkler Anzug noch immer unbenutzt lag.

Die Übergabe der hundert Kilo Kokain war nicht ganz ohne Probleme über die Bühne gegangen.

Nachdem er seinen Transporter neben die schwarze Limousine, die ihm mit kurzem Lichtzeichen ein Signal gegeben hatte, steuerte, blaffte ihn der groß gewachsene und breitschultrige Beifahrer in gebrochenem Deutsch an: „Du nicht aufgepasst. Du wurden verfolgt. Wir haben entsorgt für dich. Jetzt machen schnell!"

Dr. Reinhard war wie vor den Kopf gestoßen. Wer hatte ihn verfolgt und warum? Viel Zeit zum Nachdenken blieb ihm aber nicht. Fahrer und Beifahrer wiesen ihn bedrohlich und lautstark an, die seitliche Schiebetür seines Fahrzeugs zu öffnen und mitzuhelfen, die Drogenlieferung umzuladen.

Das Ganze dauerte keine zehn Minuten. Wortlos setzten sich Fahrer und Beifahrer in ihre Limousine und verschwanden mit durchdrehenden Reifen in die Nacht. Der Arzt blieb im aufgewirbelten Staub zurück und schaute dem davoneilenden Fahrzeug noch lange nach. Die Nachricht, dass er verfolgt worden und derjenige mittlerweile *entsorgt sei*, begriff er erst mit einiger Verzögerung so richtig.

Sich mehrmals umschauend, schloss er eilig die Seitentür seines Transporters und beeilte sich, den Übergabeort so schnell wie möglich zu verlassen. Während der Rückfahrt zur Autovermietung schaute er andauernd in den Rückspiegel, um sich zu vergewissern, dass er nicht weiterhin verfolgt wurde. Polizei konnte es nicht gewesen sein, ansonsten hätte man ihn bereits verhaftet, vor allem wenn ein Polizist abhandengekommen wäre. Es musste also eine Privatperson gewesen sein, folgerte er, als er den Parkplatz der Autovermietung erreichte. Dort parkte er den Transporter direkt neben seinem Geländewagen und verteilte die hundert einzelnen Drogenpakete in die beiden alten Reisetaschen und den Koffer, die er mitgebracht hatte. Mit den gebrauchten Kleidungsstücken darin deckte er die Pakete großzügig ab. Anschließend vergewisserte er sich, dass er im Miettransporter nichts liegengelassen hatte, bestieg seinen nun hundert Kilogramm schwereren Wagen und brauste in Richtung Hotel.

18. Kapitel

Sie waren jetzt schon fast den ganzen Tag von der Außenwelt abgeschnitten. Durch den Mangel an

Trinkwasser und dem fehlenden Schlaf fiel es Hector schwer, sich zu konzentrieren.

Trotz der Schmerzen im Oberschenkel begann Müdigkeit von seinem Körper Besitz zu ergreifen. Die Demenzerkrankung tat ihr Übriges. Seine Begleiterin sprach kaum mehr mit ihm. Draußen vernahm man Geräusche, allerdings weiter weg vom Container. Beide versuchten noch einmal, mit ihren Latten und lautem Rufen auf sich aufmerksam zu machen, doch ohne Wirkung.

Jetzt konnte nur noch ein Wunder helfen, war sich Hector sicher. Ihn und erst recht Gertrude vermisste niemand, war er sich bewusst. Am ehesten noch Charlotte. Ja, seine Charlotte! Er war sich ihrer Liebe immer so sicher gewesen, aber dass sie sich wegen seiner Krankheit von ihm abgewendet hatte, schmerzte seine Seele doch sehr, auch wenn er ihre Beweggründe verstand. Die MS-Erkrankung ihres Vaters und das damit verbundene Martyrium ihrer Mutter über Jahre hatten Spuren hinterlassen. Aber ist nicht solch eine Prüfung der Liebesbeweis schlechthin, fragte er sich, wobei Tränen über seine Wangen rollten und auf sein Jackett tropften.

Er musste mit diesem Lamentieren endlich aufhören, ermahnte er sich und wischte die Tränen mit seinem staubigen Handrücken aus dem Gesicht. Solchermaßen geschwächt fiel er langsam in einen

Dämmerschlaf, begleitet von leichten epileptischen Anfällen.

Gertrude war bereits im Sitzen eingeschlafen. Mit ihrer bis zum Hals geschlossenen Winterjacke konnte sie eventuell einigermaßen die Körperwärme halten.

Frieden, der so langsam die Ausweglosigkeit verdrängte, erfüllte den stählernen Sarkophag.

***

Die beiden Kommissare parkten ihren Dienstwagen neben einer Baubaracke am Chicagokai.

„Hier hat der Transporter angehalten, mehr als fünfzehn Minuten. Anschließend ist er wieder in die Stadt gefahren", las Kommissarin Prechtlin von dem Blatt mit den Navigationsdaten ab.

„Vielleicht hat er auf jemanden gewartet oder hat etwas eingeladen oder beides", kombinierte Danner.

Anschließend suchten sie im Umkreis von hundert Metern sowohl die Straße als auch die nähere Umgebung ab.

„Das hat so keinen Sinn. Entweder wir verhaften jetzt diesen Arzt, in der Hoffnung, wir können ihn einschüchtern, oder aber wir bitten die Kollegen hier in Hamburg um Hilfe. Wenn wir was finden wollen, brauchen wir Unterstützung in Form von Kollegen der Spurensicherung und Suchhunden."

„Den Arzt würde ich jetzt erst einmal laufen lassen. Der rennt uns nicht weg. Ich denke, das Vernünftigste wird sein, dass sie Kontakt mit den Hamburger Kollegen aufnehmen."

Danner gab seiner Kollegin insgeheim recht, wenn er es auch nicht zugab. Hahn bin immer noch ich, diagnostizierte er seine Situation, während er auf seinem Handy die Telefonnummer der Hamburger Kripo eintippte.

***

Dr. Reinhard checkte nach einem langen und genussvollen Frühstück aus. Seinen Wagen ließ er in der Tiefgarage stehen. Hier waren er und die mit Kokain gefüllten Reisetaschen durch die hoteleigenen Webcams gut bewacht, entschied er sich. Damit er nicht zu früh zu Hause erschien, nutzte Dr. Reinhard die Gelegenheit und unternahm eine Hafenrundfahrt und flanierte anschließend durch die Alsterarkaden. Bei einem ausgiebigen Mittagessen im angesagten Restaurant *Vlet* überlegte er, welche Geschichte er seiner Susanne von der angeblichen Verabschiedung seines Profs auftischen wollte.

Damit die Geschichte auch glaubwürdig klang, recherchierte er während des Desserts und einem Espresso im Internet einige Fakten zur Klinik und zum aktuellen Leiter der Neuroanatomie. Namen von Professoren aus seiner Hamburger Studienzeit und seiner Zeit als Assistenzarzt hatte er ausreichend. Ein Taxi brachte ihn zurück zum Hotel, wo er seinen

Geländewagen mit der wertvollen Fracht bestieg und sich zügig in den Feierabendverkehr der Hansestadt einfädelte. Mit der stetig anwachsenden Blechlawine verließ er die Metropole und eine halbe Stunde später führte ihn die Fahrt auf der Autobahn in Richtung Süden.

***

Unkontrollierte Zuckungen durchfuhren Hectors Körper, als er endlich aufwachte und in das bekannte schwarze Vakuum blickte. Nachdem er mehrmals tief ein- und ausgeatmet hatte, beruhigte sich sein Körper. Sicherlich erste Auswirkungen nicht eingenommener Tabletten, diagnostizierte er seinen Zustand. Die letzten beiden Tabletten hatte er vor zwei Tagen zu sich genommen.

Uringestank machte sich in seiner Nase breit. Instinktiv fasst er sich an den Reißverschluss seiner Hose. Alles trocken! Gertrude, die nur wenige Meter neben ihm saß, gab derweil keinen Mucks von sich.

„Gertrude, aufwachen", flüsterte er leise in ihre Richtung. Keine Antwort. Hector wiederholte nun seine Bitte lautstark, doch die alte Dame reagierte weiterhin nicht.

Trotz Schmerzen im Bein stand er langsam auf, hangelte sich die wenigen Meter an der Containerwand zur ihr hin, und versuchte sie wachzurütteln.

„Gertrude, so wach doch endlich auf!", schrie er sie an.

Endlich spürte er eine Reaktion bei ihr.

„Was ist los? Warum schreist du so?", murmelte sie schlaftrunken und leicht verwirrt in seine Richtung.

Gott sei Dank sie lebt, beruhigte er sich.

Er war sich sicher, dass sich die alte Dame während ihres Schlafes eingenässt hatte. Augenscheinlich überforderte sie die Situation extrem, sowohl physisch als auch psychisch. Aus Respekt vor ihrem Alter sprach er sie auf ihr Missgeschick aber nicht an.

Die andauernden Kopfschmerzen ließen ihn keinen klaren Gedanken mehr fassen. Die staubige Luft hatte seinen Hals ausgetrocknet. Mittlerweile war es in ihrem eisernen Grab wieder stockdunkel und kalt. Kein Lichteinfall an dem kleinen Lüfter am Ende des Containers! Ein Zeichen, dass es mittlerweile draußen wieder Nacht war.

Jetzt hielten sie sich schon über einen Tag hier auf. Oder waren es bereits zwei Tage? Hector schaute instinktiv auf seine Uhr. Auch wenn er sicher war, dass sie lief, eine Uhrzeit konnte er nicht erkennen. Entmutigt setzte er sich wieder auf seine als Sitzunterlage umfunktionierte Pappe. Gertrude war zwischenzeitlich wieder eingeschlafen. Ihr Körper verkraftete die Strapazen nicht mehr, war sich Hector sicher. Und auch er würde sich nicht mehr lange wachhalten können. Sein letzter Gedanke, bevor auch er wieder einschlief, war:

Ab jetzt hängt unser Leben an einem seidenen Faden!

***

Mit einem zufriedenen Lächeln auf den Lippen öffnete Dr. Reinhard die Eingangstür seines Hauses. Zuvor hatte er sich der beiden alten ledernen Reisetaschen und des Koffers mit der todbringenden Droge entledigt und sie sicher in dem kleinen Lagerraum in Frankfurt-Bockenheim deponiert. Die Chipkarte dazu bewahrte er in seinem Portemonnaie auf.

Susanne Reinhard saß im Wohnzimmer auf dem bequemen Sofa und genoss die letzten Wärmestrahlen der langsam verlöschenden Glut im Kamin. In sicherer Entfernung wartete ihr Rollstuhl.

„Endlich, da bist du ja", begrüßte sie ihren Mann, der ihr – wie immer zur Begrüßung – auf die Stirn küsste.

Bei einem Glas Rotwein tischte er seiner Ehefrau eine Geschichte über seine Reise auf, die er sich bereits in Hamburg ersonnen hatte: Samstagabend Essen mit den ehemaligen Doktoranden. Sonntag bei bestem Wetter Hamburg erkunden – Speicherstadt, Elbphilharmonie, Hafenrundfahrt –, abends dann müde ins Bett. Montagmittag Verabschiedung seines ehemaligen Professors und Institutsleiters mit Sektempfang, Dankesrede der Klinikleitung und des Dekans und leckeres Büfett. Schließlich Rückfahrt bei leichtem Regen nach Bad Homburg.

Susanne hörte interessiert zu und unterbrach ihn selten, zu sehr spürte sie, wie gut ihm die Kurzreise getan hatte. Er wirkte gelöst. In letzter Zeit war er nervös und dünnhäutig gewesen. Vielleicht machte ihm das Fehlen seiner jungen Assistentin zu schaffen. Bis jetzt hatte er keinen adäquaten Ersatz gefunden. Mehrmals hatte sie ihn darauf angesprochen, doch er war sich sicher gewesen, dass sie bald wiederkäme. Allerdings war sie sich nicht mehr sicher, vor allem als am Freitag die beiden Kommissare vor der Türe gestanden hatten.

„Am Freitag waren zwei Kommissare hier und haben nach dir gefragt. Ich sagte ihnen, dass du in Hamburg bei der Abschiedsfeier deines Professors bist. Sie hatten wohl noch Fragen zum Verschwinden von Yvonne. Haben sie dich erreicht?"

„Nein", antwortete ihr Mann kurz, allerdings mit einiger Verzögerung. Innerhalb eines Wimpernschlages fiel seine gute Laune in sich zusammen.

Nur nichts anmerken lassen, ermahnte sich der Arzt. „Ich bin sicher, es ging nur um ein paar Routinefragen. Die melden sich bestimmt morgen in der Praxis wieder", versuchte er seine Gemütswandlung zu verschleiern.

Es wurde endlich Zeit, auszusteigen und Deutschland den Rücken zu kehren!

***

Eine Suchmannschaft mit zehn Polizisten, zwei Leichen-Suchhunden, einem Drogenhund, zwei Kommissaren des Hamburger Kommissariats und Danner und Prechtlin durchkämmten nun seit fast einer Stunde das Areal, auf dem Dr. Reinhards Miettransporter am Chicagokai sich längere Zeit aufgehalten hatte. Das riesige Baugrundstück, auf dem ein neues Kreuzfahrt-Terminal entstand, bot reichlich Möglichkeiten, eine Leiche oder was auch immer zu verstecken. Die Kollegen in Hamburg waren sehr hilfsbereit gewesen, nachdem Danner Hauptkommissar Willemsen in dessen Büro den Fall, seine Vermutungen und seinen Verdacht geschildert hatte. Willemsen war Leiter der Mordkommission und der einzige Kommissar, der ihm mit einem weiteren Kollegen kurzfristig zur Verfügung stand.

„Beweise haben Sie wohl keine?", wollte der groß gewachsene Hamburger Hauptkommissar in seinem typisch norddeutschen Tonfall wissen.

„Nein, leider nicht. Ich weiß bislang nicht einmal, *wonach* wir eigentlich suchen", antwortete Danner, wobei er das wonach besonders betonte.

„Wenn wir auf dem Gelände nichts finden, haben wir beide ein Problem. Das ist Ihnen doch klar?" Der Hamburger Kollege schaute ihn mit hochgezogenen Augenbrauen angespannt an.

Danner verstand den Wink, seine Karriere hing jetzt an einem seidenen Faden!

Endlich, einer der Leichensuchhunde schlug an!

Der zuständige Polizist zog den jungen Schäferhund von dem rostigen roten Container weg, auf dem in blasser weißer Schrift *Maersk Sealand* stand. Mit lauter Stimme signalisierte er den Kommissaren seinen Aufenthaltsort.

„Öffnen, sofort!", befahl Hauptkommissar Willemsen zwei in der Nähe stehenden Streifenkollegen.

Quietschend und schwer öffnete sich die rechte Containertür. Feuchte Kühle und ein Geruchsgemisch aus Zement, Ammoniak und faulem Holz stieg in die Nase von Danner und Prechtlin, die sofort als Erste den dunklen Container mit hallenden Schritten betraten.

Direkt hinter ihnen leuchtete ein herbeigeeilter Polizist, ausgestattet mit einer wuchtigen

Akkulampe, die gespenstische Szene spärlich aus. Hoffentlich keine Leiche betete die junge Kommissarin in sich hinein.

Im selben Moment tauchten im suchenden und wackelnden Strahl der hellen Lampe zwei leblose und aufrecht sitzende Körper auf.

Sowohl Danner, seine Kollegin als auch die sich mittlerweile im Halbdunkel des Metallbehälters aufhaltenden Kollegen verharrten für einen Augenblick auf der Stelle und hielten unbewusst die Luft an.

***

Nachdem die Kommissare ihn und Gertrude in dem Container gefunden hatten, verbrachten sie erst einmal zwei Tage in einem Hamburger Krankenhaus. Dehydriert und unterkühlt, wurde ihnen dort wieder Leben eingehaucht. Bei der alten Dame stellten die Ärzte eine leichte Lungenentzündung fest, die sie mit Antibiotika rechtzeitig in den Griff bekamen. Während der Fahrt ins Krankenhaus hatte Hector erneut eine seiner Attacken. Eine schnell gesetzte Beruhigungsspritze brachte Linderung. Nach ausreichendem Schlaf begannen für ihn und Gertrude die Vernehmungen im Krankenhaus, die bis in die Abendstunden dauerten. Mit jeder ihrer Aussagen vervollständigte sich für die beiden Kommissare Danner und Prechtlin das Puzzle.

Fortan wurde Dr. Reinhard von der Polizei professionell observiert. Bei der Übergabe der insgesamt hundert Kilogramm schweren Drogenpakete schnappte die Falle zu. Durch die anschließend stattgefundenen Hausdurchsuchungen bei Dr. Reinhard und dem Landtagsabgeordneten Dr. Reich wurde ein international tätiger Drogenschmugglerring ausgehoben. Im weiteren Verlauf der Untersuchungen konnte dabei über eine Tonne Kokain im Hamburger Hafen sichergestellt werden.

Pedro de la Villa bekam rechtzeitig Wind von der Polizeiaktion und war nicht mehr nach Deutschland eingereist. Eingeleitete Ermittlungen über Interpol in Argentinien verliefen ergebnislos.

Hectors Vermutung, dass auch sein Chef Mühlhausen in den Drogenhandel involviert gewesen sei, erwies sich als nicht haltbar. Bei ihm fand man allerdings eine Liste von deutschlandweiten Drogendealern, die aus dem Safe von Dr. Reich stammte. Während einer Golfrunde hatte der Politiker versucht, Mühlhausen den Drogenhandel schmackhaft zu machen. Dabei ließ er durchblicken, dass er im Besitz einer Liste von Drogendealern sei. Den Namen Pedro de la Villa erwähnte er vorsichtshalber jedoch nicht. Mit dem in Auftrag gegebenen Einbruch bei seinem Golfpartner war Mühlhausen in den Besitz der Liste gelangt. Vermutlich wollte er Dr. Reich damit erpressen. Die Anklage lautete daraufhin: in Auftrag gegebener Einbruch.

Nach der Festnahme von Dr. Reinhard wurden auch dessen Praxis und sein Anwesen kriminaltechnisch untersucht. Durch Hectors Aussage, belegt auch durch die wertvollen Hinweise aus dessen kleinem Notizbuch, und der von ihm sichergestellten goldenen Haarspange, die eindeutig der toten Yvonne gehörte, wurde der stadtbekannte Neurologe zusätzlich eines Tötungsdelikts bezichtigt. Nach zwei Tagen intensiver Suche fand man im nahegelegenen Waldstück das feuchte Grab von Yvonne Rechenbach. Nach Freigabe der Leiche durch die Gerichtsmedizin wurde sie in Leipzig beigesetzt.

Susanne Reinhard, die aus der Ferne die Ausgrabung der Leiche durch das große Wohnzimmerfenster beobachtet hatte, bekam einen Nervenzusammenbruch und musste notärztlich versorgt werden. Sie zog zu ihren Eltern und kam nie wieder nach Bad Homburg zurück.

***

Winzige Staubpartikel tanzten als silbriger Flitter in dem von Sonnenstrahlen erleuchteten Schlafzimmer umher. Hector genoss die heitere und positive Morgenstimmung, legte sich entspannt auf den

Rücken und verschränkte die Arme hinter seinem Kopf.

Leise drang frühlingshaftes Vogelgezwitscher an seine Ohren.

Bruchstückhaft erinnerte sich Hector an die letzten Wochen, während er es sich, aufrecht sitzend, in seinem Bett gemütlich machte. Besonders eine Begebenheit fiel ihm, mit einem breiten Grinsen auf seinem Gesicht, ein.

Nach der Festnahme von Dr. Reinhard wegen des Drogenhandels und der bald darauf entdeckten Leiche neben seinem Anwesen gab es in der Lokalpresse einen Extra-Artikel über den Versicherungskaufmann Hector O., der zusammen mit einer alten Dame, im Stile eines professionellen Detektivs, maßgeblich an der Aufdeckung und Aufklärung zweier Schwerverbrechen beteiligt gewesen war. Neben dem Artikel gab es sogar ein Bild von ihm, wie er selbstbewusst und stolz in die Kamera blickte, so als wollte er ausrufen: „Seht her, ich habe es geschafft!"

Nach den aufregenden Tagen und Wochen beruhigte sich Hectors Leben. Er zog zurück zu Charlotte. Ihre Liebe nahm einen neuen Anlauf.

Gertrude Stern bekam einen neuen Nachbarn. Dieses Mal einen Witwer aus Königstein. Welch Zufall, einen pensionierten Hauptkommissar.

Hauptkommissar Danner und seine Kollegin Prechtlin erhielten eine Belobigung durch den Polizeipräsidenten. Am nächsten Tag fand Dieter Danner auf seinem Schreibtisch eine kleine Holzfigur vor. Sie stellte einen Hirsch dar, der röhrend sein gewaltiges Hirschgeweih in den Himmel reckt. Von wem das Geschenk wohl stammte?

***

Durch eine Empfehlung von Dr. Günther fand Hector in Frankfurt einen neuen Neurologen.

Eine intensive Untersuchung bei ihm bestätigte die ursprüngliche Diagnose von Dr. Reinhard: Beginnende Demenz mit leicht ausgeprägter Aphasie, die stressbedingt zu motorischen und sprachlichen Aussetzern führen kann.

Täglich eingenommene Medikamente, eine fortdauernde Therapie bei einem Logopäden und vielfältige soziale Kontakte verzögerten die Ausbreitung der Krankheit.

Hector und Charlotte lernten so, damit zu leben.

Ende

Vom Autor Thomas Dorn bisher bei BoD
(Books on Demand) erschienen und im Buchhandel
erhältlich:

: